最美南唐二主词

最美

图绘·绽放惊艳的古典诗词

[南唐]李璟 李煜 著
赵芳芳 编译

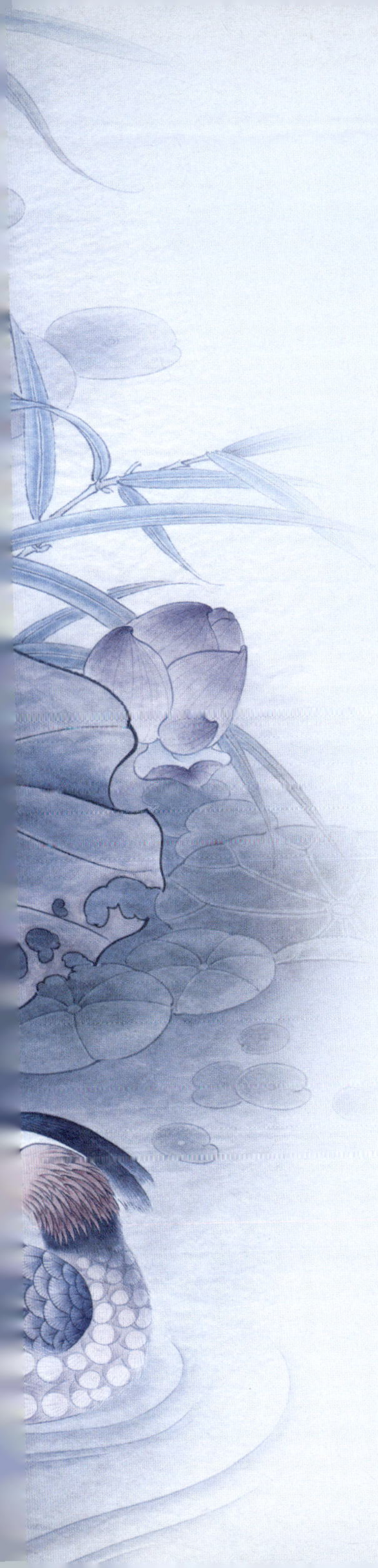

图书在版编目（CIP）数据

最美南唐二主词 / （南唐）李璟，（南唐）李煜著；赵芳芳编译.
-- 合肥：黄山书社，2015.3
（国绘·绽放惊艳的古典诗词）
ISBN 978-7-5461-4941-7

Ⅰ. ①最… Ⅱ. ①李…②李…③赵… Ⅲ. ①词（文学）–作品集–中国–南唐 Ⅳ. ①I222.843.2

中国版本图书馆 CIP 数据核字（2015）第 045747 号

出 品 人　任耕耘
责任编辑　张元婷
装帧设计　姚忻仪
出版发行　时代出版传媒股份有限公司（http://www.press-mart.com）
　　　　　黄山书社（http://www.hspress.cn）
地址邮编　安徽省合肥市蜀山区翡翠路 1118 号出版传媒广场 7 层　230071
印　　制　武汉市至和彩印包装广告有限公司
版　　次　2015 年 10 月第 1 版
印　　次　2015 年 10 月第 1 次印刷
开　　本　889×1260　1/32
字　　数　90 千字
印　　张　4.5
书　　号　ISBN 978-7-5461-4941-7
定　　价　25.00 元

服务热线　0551-63533706
销售热线　0551-63533761
官方直营书店（http://hsssbook.taobao.com）

前　言

古典诗词是中华文化宝库中的一朵奇葩，是语言的精华，是智慧的结晶，是思想的火花，是最珍贵的文化遗产之一。中国古典诗词源远流长，经过千百年来的积淀，蕴含着中华民族独特的情感，展现了深沉的精神追求和独特的价值理想。中国古典诗词的成就是极其辉煌的，它历史悠久，题材内容丰富，形式风格多样，表现艺术手法千差万别，高度集中地再现各个历史时期的社会风貌和人们的精神生活。这些诗词包含着丰富的人生意蕴，体现了高雅的审美情趣，达到了高超的艺术境地，经过时间的磨砺，已经成为不朽的经典，影响着一代又一代中国人的心灵，给人们以思想和艺术的双重启迪。

中国的诗词歌赋浩如烟海，一个人想要遍阅所有传世佳作是非常困难的。《国绘·绽放惊艳的古典诗词》选录了各个时代、各个流派的最好作品，并对这些中国古代最唯美、最惊艳的诗词从各个角度进行解析。这些作品或讴歌大自然，或咏叹爱情，或感慨人生，或抒发豪情，充满感染力、感召力、凝聚力，富有哲理和诗情画意，代表着中国诗词创作的最高成就。

《最美南唐二主词》收集南唐中主李璟、南唐后主李煜的词作共40首。其中，中主词4首，后主词36首。《南唐二主词》版本众多，各家整理时，部分用字略有出入，有些词甚至不完整，有漏字、漏句的情况。本书在“注释”中都作了相应解释。

为了帮助读者更深入地理解词意，本书增加了“注释”“赏析”“词评”几部分内容。其中，“词评”汇聚了众多文学大家的点评，各人立场有异、角度不同，可能会有不一样的观点。读者可根据自己的理解，或接纳，或辩驳。

全书以精谨细腻的工笔画作点缀，花鸟鱼虫、山水景致，唯美的画面与文字相得益彰，营造出古韵十足的阅读氛围。

编者

中　主　词

后　主　词

李璟（916－961），南唐中主。原名景通，字伯玉。943年，先主病死，他继位，改名“璟”，成为五代十国时期南唐第二位皇帝。后因受到后周威胁，削去帝号，改称国主，史称南唐中主。

李璟即位后开始大规模对外用兵，消灭楚、闽二国。他在位时，南唐疆土最大。不过，李璟在位十九年，由于奢侈无度，导致政治腐败，国力下降，算不得一位好皇帝。

李璟秉性庸懦，爱好文学，非常享受臣子的阿谀奉承。“时时作为歌诗，皆出入风骚”，有较高的文学艺术修养。他经常与其宠臣如韩熙载、冯延巳等饮宴赋诗，于是适用于歌筵舞榭的词，便在南唐获得了发展的机会。他的词，感情真挚，风格清新，语言不事雕琢，对南唐词坛产生过一定的影响。李璟现存词不多，可靠的仅四首，都十分有名气。其中“小楼吹彻玉笙寒”是流芳千古的名句。王国维云：南唐中主词“菡萏香销翠叶残，西风愁起绿波间”，大有众芳芜秽，美人迟暮之感。乃古今独赏其“细雨梦回鸡塞远，小楼吹彻玉生寒”，故知解人正不易得。除了在文学上的较高造诣，他的书法技艺也十分厉害。

应 天 长

一钩初月[1]临妆镜，蝉鬓[2]风钗慵不整[3]。重帘[4]静，层楼迥[5]，惆怅落花风不定。

柳堤[6]芳草径，梦断辘轳[7]金井[8]。昨夜更阑[9]酒醒，春愁过却[10]病。

【注释】

①**初月**：新月，一说指愁眉。

②**蝉鬓**：古代妇女的一种发式。两鬓薄如蝉翼，故称。

③**慵**：形容懒散的样子。慵不整，指无心梳洗。

④**重帘**：一层层帘幕，指复杂的帘子。

⑤**层楼**：高楼。**迥**：遥远，僻远。

⑥**柳堤**：植有柳树的堤岸。

⑦**辘轳**：亦作"辘盘"。利用轮轴原理制成的井上汲水的起重装置。比喻心中情思如辘轳般上下反复。

⑧**金井**：井栏上有雕饰的井。多指宫廷园林里的井。

⑨**更阑**：指夜深月残。

⑩**过却**：超过，胜却。

【赏析】

这是一首闺情题材的词，采用倒叙手法，描写一位幽居独处的女子的伤春之情。上阕开篇“一钩初月临妆镜”，点出了时间，即黄昏时分。古代女子每天需要梳妆两次，但此时此刻，一弯寒月映照出她那无心梳妆的黯淡心情。词人实在是细心，一钩月亮就罢了，还偏偏又加了一个“初”字，看来这个寂寥的夜晚还长着呢！而这一钩初月偏偏又映到了梳妆镜里面。不再是与心爱的人相拥镜前的日子，也不再是揣着期望与喜悦用心打扮自己的清晨，而是这个凄冷的、无人陪伴的夜晚。今昔，何夕？鬓发松松散散地垂在耳畔，凤钗戴不戴又有什么意义呢？相思的人今夜不会来，也许永远都不会再来。

此刻所有美好的事物都远离了，就连那静静的帘帷、层层的阁楼仿佛都成了禁锢痛苦心灵的枷锁！“重帘静，层楼迥”，道出了女子幽居孤独的环境。而即使冲开这些枷锁又能如何呢？眼前的景象依然是凄凉孤寂的，“惆怅落花风不定”，春花被无情的风打落，飘荡着、挣扎着！如此的惆怅，又如此的无可奈何。痛苦地挣扎并不能改变命运，无人怜爱的女子将和那落花一样只能归于沉默，任凭孤苦、愁思占据自己的心。

上阕描写黄昏，下阕则描写昨夜。昨夜恍惚梦到了曾经洒满美好回忆的柳堤、铺满芳草的小路以及辘轳金井，可惜这些都只是梦而已。曾经的欢乐

如今都已经成了泡影，五更夜尽时，昨夜灌入愁肠的酒差不多醒了，可是女子心头的愁苦仍未散去。“春愁过却病”一句，点出女子有病在身，更添愁怨。而又有谁知道，对这怅然春意的牵挂、对逝去美好的惋惜，其实比病痛更加折磨人呀！

【词评】

◆“风不定”三字中有多少愁怨，不禁触目伤心也。结笔凄婉，元人小曲有此凄凉，无此温婉。古人所以为高。（陈廷焯《云韶集》）

◆词写春夜之愁怀。“初月”“蝉鬓”二句先言黄昏人倦，“重帘”三句更言楼静听风。下阕闻柳堤汲井，晓梦惊回，皆昨夜之情事。至结句乃点明更阑酒醒，愁病交加。通首由黄昏至晓起回忆，次第写来，柔情婉转，与周清真之《蝶恋花》词由破晓而睡起、而送别，亦次第写来，同一格局。其结句点睛处，周词云“露寒人远鸡相应”，从行者着想；此言春愁兼病，从居者着想，词句异而言情写怨同也。（俞陛云《唐五代两宋词选释》）

望远行

碧砌花光锦绣明①，朱扉长日镇长扃②。余寒不去寝难成，炉香烟冷自亭亭③。

辽阳④月，秣陵砧⑤，不传消息但传情。黄金⑥窗下忽然惊，征人归日二毛⑦生。

【注释】

①**碧砌：**青石台阶。**花光：**花朵的色彩。**锦绣明：**像锦绣一样明丽多彩。

②**朱扉：**红漆门扇。**镇长：**经常；常。**扃(jiōng)：**关门。因为没有人来，总是关闭着。

③**亭亭：**指香烟袅袅升起的样子。

④**辽阳**：今辽宁省辽阳一带。这里泛指行人行役的地方。

⑤**秣陵**：今南京。指思妇住地。**砧**：捣衣石。

⑥**黄金**：指新柳。因新柳萌出时颜色金黄，故称。

⑦**二毛**：花白的头发，白发和黑发相间。常用以指人衰老。

【赏析】

这是一首怀远之词。思妇凭楼，征人念远，常成为千秋同慨的悲剧题材。本词可能是词人借思妇怀远的旧题材抒写自己孤寂、矛盾的心情。

开篇两句“碧砌花光锦绣明，朱扉长日镇长扃”是一个鲜明的对比。春光明媚，花团锦簇，美艳如花的思妇本应该到庭院内饱览迷人的春色，可是朱门却终日紧闭。思妇幽居楼中，无心赏春，可见其心情之黯淡。“碧砌”“锦绣”以及“朱扉”等词，用来凸显思妇的高贵品格；纯净的阶石上，洒满了如锦绣般明艳美丽的春花，暗示思妇的韶华青春。因词人李璟出身高贵，其词也不免带有强烈的富贵色彩。炫耀富贵，是五代词人普遍追求的审美风尚。李璟的这首词正是这种时代风气的体现。

思妇长年累月过着这种孤寂、无人怜爱的日子，她多想与远征的丈夫早日重逢啊！相思到了极处，只好期盼能在梦中与他相见。可是思妇直到夜深也无法入眠，只能呆呆地望着炉上袅袅上升的香烟独咽苦水。这凄冷的黑夜无人陪伴，又怎能睡得着呢？她连做梦都成了奢望，心底深感一片寒冷，愁苦因此又深一层。

下阕首句“辽阳月，秣陵砧”，将“辽阳”与“秣陵”两

个空间跨度极大的地域组接在一起，精练地写出了征夫与思妇两地相思的情景。月下砧声阵阵，征人依旧消息杳然。砧声不仅捣碎了思妇的心，更激起她对远在辽阳的征人的思念。一句“不传消息但传情”写得最妙，思妇似乎感到了征夫也在牵挂自己。但结尾两句词意大转，虽然相互挂念，略感慰藉，但毕竟不知还要空闺独守多少年啊！等到征夫建功归来时，彼此都已头发斑白，大好的青春年华已经一去不返了。多年的等待后，虽然盼来了团圆，但容颜已变，青春已逝，怎能不叫人悲叹呢？

【词评】

◆上阕写所处一面之情景。唯寒梦难成，醒眼无聊，但见炉烟之亭亭自袅，善写孤寂之境。其下辽阳、秣陵，始两面兼写。“传情”二字见闻砧对月，两地同怀。结句言忽见北客南来，雪窖远归，鬓丝都白，则行役之劳，与怀思之久，从可知矣。（俞陛云《唐五代两宋词选释》）

◆这是一首抒写怀念远人的小词。日间花光明媚，正堪游乐，而这人闭门不出，可以看出这人的心已蒙上了重重的暗影，无法开朗了；加以夜间睡不着，老是在等待着什么似的，更可以看出这人的心已煎熬到极其焦迫的境地；何况又传来月下的砧声，声声捣碎离人心，而消息依然是沉沉！过着这样度日如年的生活的人，发出“回得家时头发该是斑白了”的惊叹，就成为合情合理的事情了。篇中可能是表现一种意图不易实现，到实现时又怕过时限不能发生作用的一种矛盾曲折的心情。由于作者运用了映衬、联想、渲染种种的艺术手法（开首是映衬，“炉香”句是联想，“残月”两句是渲染），通过具体生动的形象表现出来，就使得作品充满了生活的气息。使人感到的是反映生活的真实，而不是抽象的概括。（詹安泰《李璟李煜词》）

浣　溪　沙

手卷真珠上玉钩①，依前春恨锁重楼②。风里落花谁是主③，思悠悠。

青鸟不传云外④信，丁香空结⑤雨中愁。回首绿波三楚暮⑥，接天流。

【注释】

①**真珠：**即珍珠，此处指珠帘。**玉钩：**用玉雕琢而成的帘钩。

②**依前：**像从前一样。**锁：**闭锁。**重楼：**层楼，高楼。此句是说依然像从前一样，把春恨锁在高楼之内。

③**主**：主宰者，主人。

④**青鸟**：传说曾为西王母传递消息给武帝。这里指带信的人。**云外**：指遥远的地方。

⑤**结**：长出花蕾。此处比喻愁绪郁结难解。

⑥**三楚**：秦汉时将楚地分为南楚、东楚、西楚，合称“三楚”。泛指长江中下游一带。这里用《汉书·高帝纪》注：江陵(今湖北江陵一带)为南楚，吴(今江苏吴县一带)为东楚，彭城(今江苏铜山一带)为西楚。“三楚暮”，一作“三峡暮”。

【赏析】

此词抒写了一个女子的伤春恨别之情。

开篇描写思妇用纤纤素手轻卷珠帘，可是开帘后她的心情并没有好转，春恨依然烟锁雾笼。“依前”二字，说明这种春恨不仅只有今春有，以前也有，体现春恨之久。“重楼”，即高楼，描写楼高，则更突出人的悲凉和孤寂，这个重楼都被春恨所笼罩，体现春恨之重。孤独的女子卷起珠帘，看着楼外落花乱舞于风中，她不禁感叹谁是落花之主！“谁是主”一语，其中包含了无尽的悲伤，蕴藏了深深的怨恨。这凄美的落花得不到春风的怜惜，一如美人如玉，却也得不到他人的爱怜。女子的身世和处境不就如这落花一般吗？亲

人远去，孤独无依，想到这里，她的心头充满了悲伤和怨恨。“思悠悠”一句，写出了美人迟暮之感。

下阕继续抒发亲人不归的无限忧愁。女子已不忍再看眼前凄凉的落花之景，于是举目望向云外，可是也不见传信的青鸟飞来，她开始怨恨远方的亲人杳无音信。唯有绵绵细雨中的丁香花蕾，似欲伴她一起凝愁。女子看到雨中的丁香花蕾后，不觉怦然心动，它好似蕴结于女子心中的哀愁。此处“丁香空结”与上阕的“落花”相映衬，空结花蕾的丁香与零落无主的落花，形成了春色迟暮的景象，也象征着女子的身世和心情，情寓于景，景融于情，情景交融。“空”字催人泪下，再美的花也终将会被秋风吹落，消失于人间，没有人会知道并怀念它曾经盛开过、芬芳过，这怎能不令人伤感？

情深无奈，唯有回望。“回首绿波三楚暮，接天流”，只见长江绿波正浩浩荡荡地流向暮色苍茫的天际，更似她那无穷无尽的哀愁。

【词评】

◆王感化，建州人。善讴歌，声韵悠扬，清振林木。初隶光山乐籍，后入金陵，系乐部为“歌板色”。保大中绝有宠。元宗暑月曲宴相臣严续等于北苑，有老牛息大树之阴，命乐工咏之，感化遽进曰：“困卧斜阳噍枯草，近来问喘更无

人。”续等有惭色。元宗尝作《浣溪沙》二阕，手书赐感化，“菡萏香销翠叶残”与“手卷真珠上玉钩”是也。后主即位，感化以词札上，后主感动，优赏之。（吴任臣《十国春秋》）

◆此调为唐教坊曲，有数名。《词谱》名《山花子》，《梅苑》名《添字浣溪沙》，《乐府雅词》名《摊破浣溪沙》，《高丽乐史》名《感恩多》，因中主有此词，又名《南唐浣溪沙》。即每句七字《浣溪沙》之别体。其结句加“思悠悠”“接天流”三字句，申足上句之意，以荡漾出之，较七字结句，别有神味。《翰苑名谈》云：“清雅可诵。”《弇州山人词评》称“青鸟”二句为“非律诗俊语乎？然是天成一段词也，著诗不得。”（俞陛云《唐五代两宋词选释》）

◆或疑古代生活即使豪奢，未必用真珠作帘，堆金积玉，毋乃滥乎？此泥于写实之俗说，失却前人饰词遣藻之旨矣。其用意在唤起一高华之景，与本篇一引温（庭筠）“水精帘里颇黎枕”事例相同，说为“没有”，固与词意枘凿；说为“必有”，亦属刻舟求剑也。关于词藻之用法，孰可孰否，事涉微细，此不得详也。此总写幽居之子，珠帘手卷，郑重出之，庶睹夷旷，涤兹伊郁，然重楼深锁，春恨依前也。“锁”字半虚半实，锤炼精当，可以体玩。下文说到春风时作，飘转残红，“无主”二字，略略点出本意。结句三字，有愈想愈远，轻轻放下之妙。掩卷瞑想，欲易此三字，其可得乎？下片较平实，遂少佳胜。“青鸟”出《山海经·海内北经》。西王母原系怪异，后故事转变，即为美人之代语，故笺注引汉武帝故事以实之。“丁香”用李义山诗“芭蕉不展丁香结，同向春风各自愁”。即上文“青鸟”，亦疑用玉溪“青雀西飞竟未回”也。“三楚”，谓东、西、南楚也，《花庵》《草堂》均作“三峡”。（俞平伯《读词偶得》）

浣　溪　沙

菡萏[1]香销翠叶残，西风愁起绿波间。还与容光[2]共憔悴，不堪看。

细雨梦回鸡塞[3]远，小楼吹彻玉笙寒[4]。多少泪珠何限恨，倚阑干。

【注释】

①**菡萏**：荷花的别名。

②**还与**：已与。**容光**：脸上的光彩。指美好的时光。另本作“韶光”。

③**鸡塞**：即鸡鹿塞，汉时边塞名，故址在今内蒙古。这里泛指边塞。

④**吹彻**：吹到最后一曲。彻，大曲中的最后一遍。**寒**：指笙簧潮湿，吹之不能应律。

【赏析】

这首悲秋词是李璟的得意之作，不仅在当时曾亲书赠予金陵名妓，使冯延巳艳羡不已；而且后来又为王安石所激赏。此词感受精微，叙写柔美，其中还有千古佳句，实不愧为南唐词作的名篇。

上阕写悲秋。开篇描绘了一片衰败的荷塘景象。

词人没有采用“荷花”“绿叶”等浅俗的字眼，而是用“菡萏”“翠叶”代替，突显了花品至贵，枝叶至珍。如此美好的花和叶，一旦凋残零落，怎能不格外惹人怜惜？紧接着，瑟瑟秋风从绿波之间兴起，荷花在风中飘摇。这秋风使花叶凋零，词人有埋怨秋风之意，因此用了一个“愁”字。可是，谁又能抵挡住这催花残、催人老的秋风呢？思妇目睹了这一凄凉动人的景象，联想到自己的美好年华。由景及人，从描写萧瑟衰败的秋景，到主人公苦于与秋俱老的悲凉心境。在荷花落尽、荷叶凋零时，美好的时光与青春也一起消失了。一个“还”字，表明主人公不知体验了多少次这种“与容光共憔悴”的痛苦感受。正因此，她不忍再去看花叶的凋零了。

下阕写怀人。“细雨梦回鸡塞远，小楼吹彻玉笙寒”，承接上阕思妇的感受。在睡梦中，思妇到遥远的边关去寻找夫君。醒来时，窗外秋雨绵绵，而日夜思念的夫君依然远戍边塞。她再也无法安枕了，只好在小楼上独倚栏杆，吹起玉笙。“小楼吹彻玉笙寒”句中的“彻”是大曲的最后一遍，“吹彻”就是吹近尾声。“玉笙寒”三字的意味，可以说含蓄深蕴之至。笙吹久了，簧片会受潮，此时再吹，则音不合律，曲不成声。思妇借吹笙抒发相思之情，可是任凭吹得再久，也无法吹尽相思之情，无法吹散悲凉之感。直到笙不能吹了，可是思念依

旧浓稠，更显出相思、悲苦的无穷无尽。“玉笙寒”，她的心也彻底变冷了，只好“多少泪珠何限恨，倚阑干”。究竟流了多少泪，心中有多少怨恨？到此忽然收笔，只是淡淡地说了一句“倚阑干”，言有尽而意无穷。

此词以细腻委婉和优美文雅见称，它所表达的意蕴不仅仅是美人迟暮之感。透过菡萏香销、红颜憔悴的表面层次，读者更能体会到词人的身世之悲和哀世之恸。

【词评】

◆元宗乐府词云：“小楼吹彻玉笙寒”，(冯)延巳有“风乍起，吹皱一池春水”之句，皆为警策。元宗尝戏延巳曰：“吹皱一池春水，干卿何事？”延巳曰：“未如陛下‘小楼吹彻玉笙寒’。”元宗悦。(《南唐书·冯延巳传》)

◆荆公问山谷云：“作小词曾看李后主词否？”云：“曾看。”荆公云：“何处最好？”山谷以“一江春水向东流”为对。荆公云：“未若‘细雨梦回鸡塞远，小楼吹彻玉笙寒’。又‘细雨湿流光’最好。”(胡仔《苕溪渔隐丛话》前集引《雪浪斋日记》)

◆南唐中主《山花子》(浣溪沙)云：“还与韶(容)光共憔悴，不堪看。”沉之至，郁之至，凄然欲绝。后主虽善言情，卒不能出其右也。(陈廷焯《白雨斋词话》)

◆冯延巳对中主语，极推重“小楼”七字，谓胜于己作。

今就词境论，“小楼”句固极绮思清愁，而冯之“风乍起，吹皱一池春水”，托思空灵，胜于中主。冯语殆媚兹一人耶？（俞陛云《唐五代两宋词选释》）

◆南唐中主词“菡萏香销翠叶残，西风愁起绿波间”，大有众芳芜秽、美人迟暮之感。乃古今独赏其“细雨梦回鸡塞远，小楼吹彻玉笙寒”，故知解人正不易得。（王国维《人间词话》）

李煜(937—978),南唐元宗李璟第六子,初名从嘉,字重光,号钟隐、莲峰居士,汉族,彭城(今江苏徐州)人,南唐最后一位国君。

李煜精书法、工绘画、通音律,诗文均有一定造诣,尤以词的成就最高。李煜的词,继承了晚唐以来温庭筠、韦庄等花间派词人的传统,又受李璟、冯延巳等的影响,语言明快、形象生动、用情真挚、风格鲜明,其亡国后词作更是题材广阔、含意深沉,在晚唐五代词中别树一帜,对后世词坛影响深远。

李煜的词,存世共有三十余首。在内容上,可以亡国降宋为界分为前后两期:前期词主要反映宫廷生活和男女情爱,风格绮丽柔靡,虽不脱花间派习气,但在人物、场景的描写上较花间词人有较大的艺术概括力量,在部分词里也流露出沉重的哀愁(如《清平乐·别来春半》);后期词反映亡国之痛,哀婉凄凉,意境深远,极富艺术感染力。

李煜在词史上的地位,更多地决定于其词的艺术成就,李煜对词的发展主要有四方面贡献:

一、扩大了词的表现领域。在李煜之前,词以艳情为主,即使寄寓抱负也大都用比兴手法,隐而不露。而李煜词中多数作品则直抒胸臆,倾吐身世家国之感,情真语挚,使词摆脱了长期在花间樽前曼声吟唱中所形成的传统风格,成为诗人们可以多方面言怀述志的新诗体,艺术手法上对后来豪放派词有影响。

二、词境优美，感情纯真，因纯情而缺少理性节制。南唐亡国后，李煜被俘入宋，“日夕以泪洗面”，李煜直悟人生苦难无常之悲哀，真正用血泪写出了亡国破家的凄凉和悔恨；并把自身所经历的惨痛遭遇泛化，获得一种广泛的形态与意义，通向对于宇宙人生悲剧性的体验与审视，所以其言情的深广超过其他南唐词人。

三、语言自然、精练而又富有表现力，具有较高的概括性。李煜善于用白描的手法抒写他的生活感受，用贴切的比喻将抽象的感情形象化，往往通过具体可感的个性形象来反映现实生活中具有一般意义的某种境界，不镂金错彩，而文采动人；不隐约其词，却又情味隽永；形成既清新流丽又婉曲深致的艺术特色。

四、在风格上有独创性。花间词和南唐词，一般以委婉密丽见长，而李煜则出之以疏宕，如《玉楼春》的“豪宕”、《乌夜啼》的“濡染大笔”、《浪淘沙》的“雄奇幽怨，乃兼二雄”、《虞美人》的“自然奔放”，兼有刚柔之美，在晚唐五代词中别树一帜。

虞 美 人

春花秋月何时了[1]？往事知多少[2]！小楼昨夜又东风[3]，故国不堪[4]回首月明中。

雕栏玉砌[5]应犹在，只是朱颜改[6]。问君能有几多愁？恰似[7]一江春水向东流。

【注释】

①**春花秋月：**春之花，秋之月。指人间最美好的时光。**何时了：**什么时候才能完结。

②**知多少：**知道有多少。

③**小楼：**指李煜被俘后在汴京的住所。**东风：**从东方吹来的风。一说指春风。

④**故国：**祖国，指南唐。**不堪：**不能忍受。

⑤**雕栏玉砌：**雕花彩饰的栏杆，玉石砌成的台阶。

⑥**朱颜改：**红润的脸色也改变了，谓人已憔悴。

⑦**恰似：**正如。

【赏析】

这首词是李煜最著名、流传最广的一首词，也是他的绝命词。彼时，他囚居汴京。李煜作这首词的那一天，恰是他四十二岁的生日。很快，

这首词传到了宋太宗赵光义手上。太宗读罢大发雷霆，认定李煜对亡国并不死心，还怀着复辟的念头，于是就派人给他送了一杯毒酒，将他赐死了。

这首绝命词中，开篇词人便连出两个惊心动魄的诘问：这无比漫长的白天、黑夜，这可厌的春花秋月，究竟什么时候是个尽头啊？为什么还有那么多让我忍不住回忆，又在折磨我的往事啊？读来可见，当时悲愤至极的李煜搔首呼天，场面令人动容，不忍卒读。接下来，词人的语调稍稍平缓，向读者诉说着他的情感：昨夜，我住在小楼里，听到窗外又刮起了东风，知道又一年的春天到了。在明亮、皎洁的月光下，我不禁又回忆起故国的山山水水，回忆起往昔的欢乐，这真是一种难以言状的痛苦，让我无法忍受。

下阕，作者又想到了自己昔日纵情游乐的地方："雕栏玉砌"，这些地方应当还在吧，只是当年的那些"红颜"们，现在已经芳华不再了吧，真是物是人非啊！"只是"一词，将词人的无限遗憾、无限愁恨充分体现出来。一个"改"字，正是词人所有遗憾与愁恨的根源所在。这里"朱颜改"是曲笔，词人实际上用的是一种比较隐晦的方式来叙说南唐国破的事情。如果南唐未灭，自己依然是那个高高在上的君主，每天过着锦衣玉食、歌舞升平的日子，哪里会有这么多的忧愁啊！想到这里，词人内心积蓄已久的悲苦心情终于像开了闸的洪水一般汹涌而出："问君能有几多愁，恰似一江春水向东流。"语言浅显直白，但是情真意切，词人的一腔愁怨，就和那滚滚东去的江水一样，绵绵不尽，永无绝期！以水喻愁，李煜不是首创，但是他这句无论从气势、格调还是感情上，都是空前绝后的，可以称得上是千古绝唱！

【词评】

◆诗家有以山喻愁者，杜少陵云“忧端如山来，澒洞不可掇”、赵嘏云“夕阳楼上山重叠，未抵春愁一倍多”是也。有以水喻愁者，李颀云“请量东海水，看取浅深愁”、李后主云“问君能有几多愁，恰似一江春水向东流”、秦少游云“落红万点愁如海”是也。贺方回云：“试问闲愁知几许？一川烟草，满城风絮，梅子黄时雨。”盖以三者比愁之多也，尤为新奇，兼兴中有比，意味更长。（罗大经《鹤林玉露》）

◆徐士俊云：只一“又”字，宋元以来抄者无数，终不厌烦。（卓人月《古今词统》）

◆亡国之音，何哀思之深耶？传诵禁廷，不加悯而被祸，失国者不殉宗社，而任人宰割，良足伤矣。《后山诗话》谓秦少游词“飞红万点愁如海”出于后主“一江春水”句，《野客丛书》又谓白乐天之“欲识愁多少，高于滟滪堆”；刘禹锡之“水流无限似侬愁”，为后主词所祖，但以水喻愁，词家意所易到，屡见载籍，未必互相沿用。就词而论，李、刘、秦诸家之以水喻愁，不若后主之“春江”九字，真伤心人语也。（俞陛云《唐五代两宋词选释》）

◆奇语劈空而下，以传诵久，视若恒言矣。日日以泪洗面，遂不觉而厌春秋之长。岁岁花开，年年月满，前视茫茫，能无回首，固人情耳。“小楼昨夜又东风”，下一“又”字，与“何时了”密衔。而“故国”一句便是必然的转折。就章法言之，三与一，四与二，隔句相承也；一二与三四，情境互发也。但一气读下，竟不见有章法。后主又乌知所谓章法哉？而自然有了章法，情生文也。过片两句，示今昔之感，只是直说。其下两句，千古传名，实亦羌无故实，刘继增《笺注》所引《野客丛书》，以为本于白居易、刘禹锡，直梦呓耳。胡不曰本于《论语》“子在川上”一章，岂不更现成么？此所谓“直抒胸臆，非傍书史”者也。后人见一故实，便以为“囚在是矣”，何其陋耶……“恰似一江春水向东流”，后主语也，其词品似之。盖诗词之作，曲折似难而不难，唯直为难。直者何？奔放之谓也。直不难，奔放亦不难，难在于无尽。“恰似一江春水向东流”，无尽之奔放，可谓难矣。倾一杯水，杯倾水涸，有尽也；逝者如斯，不舍昼夜，无尽也。意竭于言则有尽，情深于词则无尽。“言之不足，故长言之；长言之不足，故嗟叹之”，老是那么“不足”，岂有尽欤？情深故也。人曰李后主是大天才，此无征不信，似是而非之说也。

情一往而深，其春愁秋怨如之，其词笔复宛转哀伤，随其孤往，则谓为千古之句可，谓为绝代之才人亦可。凡后主一切词皆当作如是观，不但此阕也，特于此发其凡耳。（俞平伯《读词偶得》）

乌　夜　啼

昨夜风兼雨，帘帏[1]飒飒秋声。烛残漏断频欹枕[2]，起坐不能平。

世事漫[3]随流水，算来梦里浮生[4]。醉乡[5]路稳宜频到，此外不堪行[6]。

【注释】

①**帘帏**：帘幕，外帘内帏。帘以竹织成，帏以布做成。

②**漏断**：漏声已断。指夜深。古人计时，用铜壶盛水，底穿一孔，使水缓缓滴落。壶中插一标尺，依刻度计时。**频**：频繁。**欹枕**：斜靠在枕上，形容人心情愁闷，难以入睡。

③**漫**：徒然。

④**浮生**：指短暂虚幻的人生。

⑤**醉乡**：喝醉酒后的境界。指醉酒后神志不清的境界。

⑥**不堪行**：不能行。此举是言“醉乡”之路平稳，应该经常去，除此以外的道路都不能行走。即劝自己借酒浇愁，以沉醉来摆脱愁闷。

【赏析】

这首词抒写了后主李煜国亡被俘后苦闷的囚居心境。词的上阕主要描写词人孤苦无奈的心情和凄苦境遇。开篇“昨夜风兼雨”，从夜晚写起，表明词人夜深难寐。“风兼雨”与“飒飒

秋声”相呼应，渲染气氛之凄凉。窗外秋风秋雨，满耳飒飒秋声，在这种凄苦的景色中，词人的心境可想而知。另外，“昨夜”一语还有一种不堪回首的感触在其中。接下来，“烛残漏断频欹枕，起坐不能平”，如今唯有孤灯残漏陪伴自己，彷徨、愁苦的心情在这孤寂环境的衬托下愈发加剧，害得词人无法安枕。想想自己曾身为国君，过着富贵的生活，而现在国破家亡成了阶下囚，被困在凄寒的囚室里，怎能不令人悲叹！上阕虽然以描写客观景物为主，但词人愁思如潮、抑郁满怀的心情却已隐然可见。

下阕以抒情为主，词人抒发了人生感慨：“世事漫随流水，算来一梦浮生。”昨日为一国之君，今日则成了阶下之囚；昨日欢歌笑语，今日“烛残漏断”。词人曾拥有的一切荣华都被剥夺了，这些苦痛的遭遇，不能不使他有人生如梦的消极感慨。一个“算来”用得妙，既说明是词人回顾了自己的过去得出的结论，同时也刻画出词人愁苦至极、无可奈何的心情。既然人生世事犹如流水不返，好似梦境虚无，何必还去追忆呢？不如“醉乡路稳宜频到”，因为酒醉之时可以使人暂时忘却所有烦恼。“稳”字道出了词人此刻的愿望，其处境的危险困苦不言而喻。后主李煜对未来早已经失去了信心，而在现实中又找不到解脱的出路，只好用酒来麻醉自己，求得短暂的忘却和解脱。

此词真实展现了李煜悲苦的软禁生活，情感真实、深沉而又挚切，虽然思想情调不高，但艺术价值不低。

【词评】

◆此调亦唐教坊曲句也。人当清夜自省，宜嗔痴渐泯，作者转起坐不平，虽知浮生若梦，而无彻底觉悟，唯有借陶然

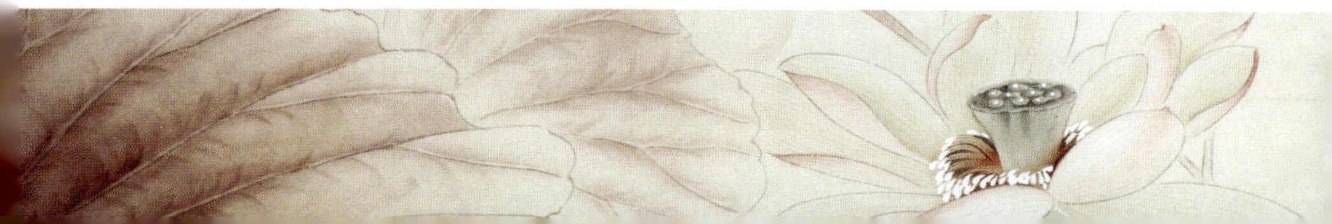

一醉，聊以忘忧。此词若出于清谈之名流、善怀之秋士，便是妙词。乃以国主任兆民之重，而自甘颓弃，何耶？但论其词句，固能写牢愁之极致也。（俞陛云《唐五代两宋词选释》）

◆此首由景入情，写出人生之烦闷。夜来风雨无端，秋声飒飒，此境已令人愁绝，加之烛又残，漏又断，伤感愈甚矣。“起坐不能平”句，写尽抑郁塞胸，辗转无眠之苦。换头，承上抒情，言旧事如梦，不堪回首。末两句，写人世茫茫，众生苦恼，尤为沉痛。后主词气象开朗，堂庑广大，悲天悯人之怀，随处流露。王静安谓：“道君不过自道身世之戚，后主则俨有释迦、基督担荷人类罪恶之意。”其言良然。（唐圭璋《唐宋词简释》）

一　斛　珠[1]

晓妆初过，沉檀轻注些儿个[2]。向人微露丁香颗[3]，一曲清歌，暂引樱桃破[4]。

罗袖裛残殷色可[5]，杯深旋被香醪涴[6]。绣床斜凭娇无那[7]，烂嚼红茸[8]，笑向檀郎[9]唾。

【注释】

①**一斛珠：**词牌名。曹邺《梅妃传》：明皇既宠杨贵妃，遂疏梅妃。会夷使至，献珍珠一斛。上密赐梅妃。梅妃以诗答明皇曰："柳叶双眉久不描，残妆和泪污红绡。长门自是无梳洗，何必珍珠慰寂寥。"上览诗怅然，令乐府以新声度之，号"一斛珠"。

②**沉檀：**即深而浓的绛色化妆品。沉，指色深。檀，指浅绛色。唐妇女梳妆时用于眉端或唇上。**轻注：**轻轻地点上。**些儿个：**唐宋时的方言，一点儿。或作"些个"。

③**丁香颗：**丁香的花蕾。因丁香形似鸡舌，又名"鸡舌香"，常被借喻为女人的舌头。

④**樱桃破：**指美人张口。樱桃，因女人口型较小，颜色红润，形似樱桃，常喻指美人之口。

⑤**裛残：**沾濡残酒。裛(yì)，通"浥"，沾湿。**殷色：**深红色。**可：**意同"可可"，些微貌、少许貌。

⑥**杯深**:杯子斟得很满,这是借指酒喝多了。**香醪**:香酒。**涴**:污染。

⑦**绣床**:用织绣装饰的床。多指女子睡床。这里指歌女的床。**娇无那**:美好可爱的姿态无以复加。那,音挪。无那,无限、非常。

⑧**红茸**:指槟榔。

⑨**檀郎**:《晋书·潘岳传》记载西晋潘岳貌美,妇女们对其十分爱慕,潘岳小字"檀奴",以后常以"檀郎"作为妇女对夫婿或所爱慕的男子的爱称。

【赏析】

这首词是李煜前期的作品,描写了一个歌女的嘴。通过对美人嘴的多种形容,刻画出了歌女迷人的媚姿。

上阕描写歌女为宾客歌唱的情景。开篇"晓妆初过,沉檀轻注些儿个",歌女早上梳洗完毕后,将深红色的香膏轻轻点在唇上。"些个儿"是方言,使词增添了与诗不同的特色,扩展了词的语言表现。"向人微露丁香颗",是描写美人嘴的第一处。描写歌女与宾客相见时,微露香齿,芳香满口。描写美人嘴的第二处是"一曲清歌,暂引樱桃破",她曼声唱着,那娇嫩的小嘴,好似樱桃绽破,露出洁白的牙齿和迷人的芳香,从侧面衬托出歌女的歌声是多么悦耳动听。

下阕描写歌女与情郎在一起调笑的情景。起句"罗袖裛残殷色可,杯深旋被香醪涴",是描写美人嘴的第三处。歌女唱完小曲后,该陪宾客饮酒了。那沉檀轻注、春色殷红的美人嘴,如今沾上酒滴,显得格外娇艳,惹人喜爱。这红艳欲滴的美人嘴,浸在酒杯里,美酒立即沾染了歌女的香唇,歌女频频用罗

袖擦拭唇边的酒痕，其动作无比娇媚可人。词的最后给我们画出了一幅情人之间天真烂漫的欢笑挑弄之景。“绣床斜凭娇无那，烂嚼红茸，笑向檀郎唾。”酒罢，宾客纷纷散去，有了些醉意的歌女，对着留下来的檀郎，更加妖冶放荡了。歌女斜倚绣床，口中嚼着槟榔。这时不知檀郎说了句什么轻薄的玩笑话，歌女便发出娇嗔，将口中嚼烂的槟榔吐向檀郎。歌女的动作、神情、娇态刻画得惟妙惟肖，精细无比。

【词评】

◆描画精细，绝是一篇上好小题文字。(潘游龙《古今诗余醉》)

◆李后主《一斛珠》之结句云：“绣床斜倚娇无那，烂嚼红茸，笑向檀郎唾。”此词亦为人所竞赏。予曰：此娼妇倚门腔、梨园献丑态也。嚼红茸以唾郎，与倚市门面大嚼，唾枣核瓜子以调路人者，其间不能以寸。优人演剧，每作此状，以发笑端，是深知其丑，而故意为之者也。不料填词之家，竟以此事谤美人，而后之读词者，又止重情趣，不问妍媸，复相传为韵事，谬乎不谬乎！无论情节难堪，即就字句之浅者论之，烂

嚼打人诸腔口，几于俗杀，岂雅人词内所宜。（李渔《窥词管见》）

◆虽绮靡之音，而上阕“破”字韵颇新颖。下阕“绣床”三句自是俊语。杨孟载袭用之，有《春绣》绝句云：“闲情正在停针处，笑嚼红绒（茸）唾碧窗。”翻用前人词语入诗，虽能手不免。（俞陛云《唐五代两宋词选释》）

子　夜　歌[1]

人生愁恨何能免，销魂[2]独我情何限。故国梦重归，觉来[3]双泪垂。

高楼谁与上[4]，长记[5]秋晴望。往事已成空，还如[6]一梦中。

【注释】

①**子夜歌：**词牌名，子夜歌即《菩萨蛮》。有的选本中本词只作《子夜》，无“歌”。

②**销魂：**魂魄已经离开了身体。此为夸张手法，形容极度伤心。南朝梁江淹有《别赋》：“黯然销魂者，惟别而已矣。”

③**觉来：**醒来。

④**谁与上：**同谁上。

⑤**长记：**老是记得，牢牢地记得。宋李清照有《如梦令》词："长记溪亭日暮，沉醉不知归路。"

⑥**还如：**仍然好像。还，仍然。

【赏析】

这是李煜后期作品的代表作之一，作于李煜国破家亡、身为俘囚之后，描写的是他对故国、往事的怀思和囚居生活的悲哀、绝望。即如马令《南唐书·后主书第五》注中所云："后主乐府词云：'故国梦重归，觉来双泪垂。'又云：'小楼昨夜又东风，故国不堪回首月明中'。皆思故国者也。"李煜被执北赴以后，过的是俘虏的生活，备受凌辱。他不能不追昔抚今，感思故国；但也不能不愁恨满怀、徒唤奈何。可也正是他的这种心情、心境，才使他后期的词作饱含真情实感，富有较强的艺术感染力。这首词就是一例。

词的上阕写词人感怀亡国的愁恨和梦回故国的痛苦。起首二句由悲叹、感慨而入，用直白的方式抒发胸中的无限愁恨。"人生"一句是一种感叹，也是对生活的一种抽象概括，既是说自己，也是说众生。其"愁恨"自有一番别样的滋味，"愁"是自哀，也是自怜，是自己囚居生活的无奈心情；"恨"是自伤，也是自悔，是自己亡国之后的无限追悔。也正因有如此"愁恨"，词人才"销魂独我情何限"。"独我"一词，语气透彻，词意更进，表现了词人深切体会的一种特殊的悲哀和绝望。正如俞陛云《南唐二主词集述评》中所云："起句用翻笔，明知难免而自我销魂，愈觉埋愁之无地。"第三句"故国梦重归"是把前两句关于愁恨的感慨进一步的具体化和个人化。李煜作为亡国之君，自然对自己的故国有不可割舍的情感，所以定会朝思夜想。可是事非昨日，人非当年，过去的欢乐和荣华只能在梦中重现。而这种重现带给词人的只能是悲愁无限、哀情不已，所以一觉醒来，感慨万千、双泪难禁。“觉来双泪垂”不仅是故国重游的愁思万端，而且还有现实情境的孤苦无奈。其中今昔对比，抚今追昔，反差巨大，情绪也更复杂。

词的下阕续写词人往事成空、人生如梦的感伤和悲哀。“高楼谁与上”，是无人与上、也是高楼无人之意，进一步点明词人所处的困苦环境和孤独心情。所谓登高望远，词人是借登高以远眺故国、追忆故乡。故国不可见，即便可见也已不是当年之国；故乡不可回，此恨此情只能用回忆来寄托。所以词人的一句“长记秋晴望”，实是一种无可奈何的哀鸣。昔日的闲逸与今日的孤苦，过去的繁华与现在的凄冷，两相对照，不思尚罢，“痛定思痛，痛何如哉！”现实中的无奈总让人有一种空虚无着落之感，人生的苦痛也总给人一种不堪回首的刺激，因此词人会有“往事已成空，还如一梦中”的感慨。可是现实中，“往事”真的“成空”了。但这种现实却是词人最不愿看到的，他多么希望这现实同样是一场梦。“如一梦”，不是他的清醒，而是他的迷惘。这种迷惘有太多的无奈，以此作结，全词的意境有了，但格调却丢了。

全词以“梦”为中心，集中写“空”，笔意直白，用心挚真。全词八句，句句如白话入诗，以歌代哭，不事雕琢，用情挚切。全词有感慨，有追忆，有无奈，有悲苦，这一切因其情真意切而感人至深，同时也因其自然流露而愈显其曲致婉转，如杜鹃啼血、哀婉动人，堪称绝唱。正如陈廷焯《别调集》中所评：“回首可怜歌舞地。”“悠悠苍天，此何人哉！”

【词评】

◆后主乐府词云："故国梦初归，觉来双泪垂。"又云："小园昨夜又西风，故国不堪翘首月明中。"皆思故国者也。（马令《南唐书》）

◆起句用翻笔，明知难免，而我自销魂，愈觉埋愁之无地。马令《南唐书》本注谓"故国"二句与《虞美人》词"小楼昨夜"二句皆思故国者也。（俞陛云《唐五代两宋词选释》）

◆此首思故国，不假采饰，纯用白描。但句句重大，一往

情深。起句两问,已将古往今来之人生及己之一生说明。“故国”句开,“觉来”句合,言梦归故国,及醒来之悲伤。换头,言近况之孤苦。高楼独上,秋晴空望,故国杳杳,销魂何限。“往事”句开,“还如”句合。上下两“梦”字亦幻,上言梦似真,下言真似梦也。(唐圭璋《唐宋词简释》)

更漏子①

金雀钗②,红粉面③,花里暂时④相见。知我意,感君怜⑤,此情须问天。

香作穗⑥,蜡成泪⑦,还似⑧两人心意。珊枕腻⑨,锦衾寒⑩,夜来更漏残⑪。

【注释】

①**更漏子:**词牌名。此词调又名《无漏子》《独倚楼》《付金钗》《翻翠袖》等。这首词于《花间集》中题为温庭筠所作,由《尊前集》归入后主李煜作。

②**金雀钗:**钗头做成雀形的金钗,是古代妇女的一种头饰。唐白居易《长恨歌》有“花钿委地无人收,翠翘金雀玉搔头”句。

③**红粉面**：用红粉仔细匀过的面颊。红粉，妇女化妆时用的胭脂和水粉，有时亦可代指美女。

④**暂时**：时间很短。

⑤**怜**：爱，怜惜，怜爱。

⑥**香作穗**：燃香生成的烟凝聚不散呈穗状，即香穗。另有将穗状作香灰解。

⑦**蜡成泪**：蜡烛燃烧时流下的蜡油如泪状，即蜡泪，此处指蜡已燃尽。唐李商隐《无题》有“春蚕到死丝方尽，蜡炬成灰泪始干”句。唐李贺《恼公》也有“蜡泪垂兰烬，秋芜扫绮栊”句。

⑧**还似**：《彊村丛书》本《尊前集》作“还是”。还，依旧、仍然。

⑨**珊枕**：珊瑚枕。吕本二主词、侯本二主词、《花间集》《尊前集》《花草粹编》《历代诗余》等本均作“山枕”。**腻**：滑，此指滑不着枕。

⑩**锦衾**：以锦缎为面的被子。**寒**：冷，凉。

⑪**更漏残**：指夜已很深，即天快亮的时候。更漏，指夜晚的时间。更，古时夜间以更为计时单位，每更约为两小时，一夜分为五更。漏，即漏壶，古代滴水计时用的仪器。残，残存、将尽。

【赏析】

这首词在《花间词》中题为温庭筠所作，在《尊前集》中归为李煜的作品，后人据此将其归入了《南唐二主词》。

这是一首写男女聚欢别愁的爱情词。词的上阕主要写欢聚，写男女相爱时的欢乐与痴嗔。开篇两句以点带面、以貌写情，用少女约会前精心妆扮来表现少女容颜的艳丽、对与情郎约会的企盼以及对情郎的挚爱之情。写人抓住最

具有代表性的一两点来写，以饰见衣、以衣见貌、以貌见情，以情见心，是文学描写的较高境界。李煜的大部分词作都可称个中精品。如此精心妆扮，又如此热切企盼，可是只能“暂时相见”，反差巨大，隐约喻示着男女情爱之中的种种阻力，为后来的离情别恨作了铺垫。“知我意，感君怜”，是少女的口吻，是少女的感激，其实更是少女对情郎浓浓爱意的真实写照。“此情须问天”是以天为鉴盟，让天作证，少女感情的至纯至坚已不言自明。

词的下阕主要写别愁。承上阕之意来，男女主人公无奈分别，前面的欢情更衬出此时的别恨。“香作穗，蜡成泪”是对少女孤寂凄楚心情的细致刻画，采用以物衬人、以物拟人的写法，明白点出少女的痴苦情怀。不过差可慰人的是“还似两人心意”，至少少女与情郎是心心相印的。但也许正因如此，情郎的离去才使少女更加苦恼、为伊憔悴。结尾三句，实景实写，“腻”“寒”“残”三个字，以景寓意，少女情怀昭然若显，简洁而含蓄。

全词采用对比的写法，上阕写欢情，下阕写悲愁，笔意曲折、手法别致。用少女的口吻写男女情爱，真纯有加，自然清新。男主人公虽然一直未出场，但在少女的情怀表述中却若隐若现，显得意味深长。通篇看来，这首词的风格确与李煜词风格极类似，而且有人也指出此词中的少女形象当同李煜的《菩萨蛮·花明月暗笼轻雾》一样，都是写小周后的。此说法虽不可考，但也可作一解。因此，这首词可视作李煜前期的作品之一。

【词评】

◆雀钗，华贵首饰。《晋书·元帝纪》:"将拜夫人，有司请示雀钗，帝以烦费不许。"曹植《美女篇》:"头上金爵钗，腰珮翠琅。""雀""爵"古字同。孙光宪《酒泉子》:"袅袅雀钗抛颈"是也。暂时:或本作暂如。兹据明巾箱本校改。知我:谓君也。感君:谓我也。怜:爱也。言当时两情相得，惟天知之，故云问天。"香穗"谓香之烬也。此言契阔已久，君心如香穗，如死灰，不复念我，我心之忧，不可细言，只有流泪如蜡耳。此以香穗比君，以蜡泪比我，故云"还似两人心意"也。(华钟彦《花间集注》)

临　江　仙[1]

樱桃[2]落尽春归去，蝶翻金粉[3]双飞。子规啼月[4]小楼西，画帘珠箔[5]，惆怅卷金泥[6]。

门巷寂寥人去后，望残烟草低迷[7]。炉香闲袅凤凰儿[8]，空持罗带，回首恨依依。

【注释】

①**临江仙：**词牌名。

②**樱桃：**指樱桃花。樱桃，因莺鸟所含食，故名含桃、莺桃，汉代始称“樱桃”。《礼记·月令》云仲夏之月，天子以含桃(即樱桃)先荐寝庙。早在周代，皇帝就将樱桃作为祭献祖宗的佳肴供奉宗庙。李煜因国之将亡，宗庙难保，而有“樱桃落尽”之哀。

③**金粉：**本意指妇女用于化妆的金钿与铅粉，此处借指蝴蝶的翅膀。又《词综》等本作“轻粉”，指蝶粉，即蝶翅上的天生粉尘。蝶翻轻粉，指蝶翅翻动。

④**子规：**杜鹃鸟。《埤雅·释鸟》：“杜鹃，一名子规。”**啼月：**在月夜啼叫。传说子规为蜀帝杜宇的魂魄所化，常夜鸣，声音凄切，易使人难过，故藉以抒悲苦哀怨之情。

⑤**画帘**：有画饰的帘子。**珠箔**：珠帘。

⑥**金泥**：用于装饰涂抹的金屑。此处当指金屑装饰的珠帘。

⑦**望残**：眼望残破的景象。**烟草**：烟雾笼罩的草丛。亦泛指蔓草。**低迷**：迷蒙，模糊不清。

⑧**凤凰儿**：丝织品上有凤凰图画的花纹图景。唐施肩吾《抛缠头词》："一抱红罗分不足，参差裂破凤凰儿。"

【赏析】

这是一首情景词。此词表面描写主人公独处伤怀、春怨无归的怅恨、无奈之情，实则表达了社稷难保、美梦难续的危亡之痛。

开篇便描写了"樱桃""粉蝶""杜鹃"，它们都是春夏之交的景物，以此暗示着主人公伤春怀忧的情感。"樱桃落尽春归去"，樱桃落尽，全都随着春归去，而百花殆尽时，无知的粉蝶却仍双双起舞。此句是反写，描写粉蝶双飞的快乐景象更加衬托出主人公内心的孤苦无奈。"子规啼月小楼西"，杜鹃鸟在小楼西面夜夜泣血鸣啼，夜已深，但主人公仍旧难以入眠，显然是因为愁思纷扰、怨恨满心。词中的"樱桃落尽"和"子规啼月"都是用典，古时帝王有以樱桃献宗庙的传统，而此时，樱花散尽，难献宗庙；"子规啼月"暗喻杜宇失国，此时的词人有亡国的预感，便联想到了失国的望帝。那悠悠愁思一直缠绕在心头，他不忍再去看窗外的伤人之景。可是转眼看到眼前奢华的"画帘珠箔"，更使人"惆怅"。这令人艳羡的帝王生活会像那易逝的春天一样匆匆结束，这怎能不令人惆怅、难受？

下阕承上阕惆怅之情，起首便是“寂寥”，一腔心事虽没有直言而出，但孤苦伶仃之意已跃然纸上。“门巷寂寥人去后，望残烟草低迷”，入夜后小巷里一片冷清，人们都已经纷纷散去。其实寂寥的不是深巷，而是那眼望深巷的惆怅之人。接着写室内之景，可是室内的景色比深巷还要“寂寥”，“闲袅”衬“空持”，一个孤苦无依、忧思无解的形象已呼之欲出。室内的炉香悠闲缭绕着带有凤凰图形装饰的香炉，但见主人公愁容满面地“空持”罗带，此处隐约出现了小周后的形象。江山危殆，美人憔悴，怎能不令人“回首恨依依”？一个“恨”字点明了词意，全词意境都由“恨”生，并由“恨”止，深切感人。

【词评】

◆《西清诗话》云：“南唐后主围城中作长短句，未就而城破：‘樱桃落尽春归去，蝶翻金粉双飞。子规啼月小楼西。画帘金箔，惆怅卷金泥。门巷寂寥人去后，望残烟草低迷……’余尝见残稿，点染晦昧，心方危窘，不在书耳。艺祖云：‘李煜若以作诗工夫治国事，岂为吾虏也。’”苕溪渔隐曰：余观《太祖实录》及《三朝正史》云：“开宝七年十月，诏曹彬、潘美等率师伐江南。八年十一月，拔升州。”今后主词乃咏春景，

决非十一月城破时作。《西清诗话》云“后主作长短句，未就而城破”，其言非也。然王师围金陵凡一年，后主于围城中春间作此诗，则不可知。是时其心岂不危窘？于此言之，乃可也。（胡仔《苕溪渔隐丛话》前集）

◆汉高祖《大风》之歌曰：“大风起兮云飞扬，威加海内兮归故乡，安得壮士兮守四方。”宋太祖咏日出之诗曰：“欲出未出光辣挞，千山万山如火发。须臾拥出大金盆，赶退残星逐退月。”陈后主之诗曰：“午醉醒来晚，无人梦自惊。夕阳如有意，偏傍小窗明。”南唐李后主之词曰：“樱桃落尽春归去（略）。”合四君之所作而论之，则开基英雄之主与亡国衰弱之君，气象不同，居然可见。（刘壎《隐居通议》）

◆南唐后主于围城中尚作长短句，未终阕而城破。词云：“樱桃落尽春归去（略）。”艺祖曰：“李煜若以作诗工夫治国事，岂为吾虏也。”又，徽宗亦工长短句，方北去，在舟中作小词云：“孟婆孟婆，你做些方便，吹个船儿倒转。”或曰：“徽宗即李煜后身。”其然乎，其然乎。（孙兆溎《片玉山房词话》）

◆真可谓亡国之音，然又极含蓄蕴藉之致。（梁启勋《词学》下编）

望　江　南[1]

一

多少恨，昨夜梦魂中。还似旧时游上苑[2]，车如流水马如龙[3]。花月正春风。

二

多少泪，断脸复横颐[4]。心事莫将和泪说，凤笙[5]休向泪时吹。肠断[6]更无疑。

【注释】

①**望江南：**词牌名。此词《尊前集》《历代诗余》《全唐诗》俱作两首。

②**上苑：**皇家园林。

③**车如流水马如龙：**形容车马很多，来往不绝。

④**断脸：**泪水纵横脸上。**颐：**脸颊。断脸复横颐，指脸上泪水纵横交流。

⑤**凤笙：**西汉刘向《列仙传》："萧史者，秦穆公时人也。善吹箫，能致孔雀白鹤于庭。穆公有女，字弄

玉，好之，公遂以女妻焉。日教弄玉作凤鸣，居数年，吹似凤声，凤凰来止其屋。公为作凤台，夫妇止其上，不下数年。一旦，皆随凤凰飞去。后人常用“凤”来形容好的乐器。汉应劭《风俗通义·声音·笙》：“《世本》：‘随作笙。’长四寸、十二簧，像凤之身，正月之音也。”后因称笙焉“凤笙”。

⑥**肠断：**极度悲伤。

【赏析】

《望江南》(多少恨)是李煜降宋后的作品。通过对梦境中游上苑情景的描写，抒发了词人的故国之思和亡国之痛。

“多少恨，昨夜梦魂中”总领全词，心中万般愤恨都来自昨夜一梦。“梦魂”一词用得妙，表明词人被囚困在汴京的无奈，他只能让自己的魂灵回到故国，是愁恨无奈中的一种寄托，其情苦切，也略见一斑。而日有所思，才会夜有所梦，短短八个字刻画出了他日夜忧思、悲愤难解的心情。什么梦境使他如此悲愤呢？“还似旧时游上苑，车如流水马如龙，花月正春风”。在梦里，词人借魂回到了故国，又看到了昔日游御花园的欢乐情景。在梦中，词人又成了一国之君，一切皆是帝王家的气派。乘载王公大臣、嫔妾宫女的车就像流水一样，骏马连在一起就像一条长龙，热闹非凡。又值春光明媚、春花烂漫、花好月圆之时，真是何等的惬意！“车如流水马如龙”，此语源于袁宏《后汉记》的“车如流水，马如游龙”，原是马皇后诏书中的一句话，斥责她娘家的人每逢年节

都要前来朝拜，兴师动众，大讲排场。这个典故用在这里似乎别有寓意。身为阶下囚的李煜也许悔于当年自己奢侈、闲逸的生活，美梦终有醒来时，眼前残酷的现实与美好的梦境相对比，词人不免要发出悲痛的感叹！

词人以反写正，以欢情写凄苦。这种以乐写悲的对比手法，不仅表现了词人重温旧时帝王之梦的悲恨，同时给读者以强烈的艺术感染。这种悲愤的情感被词人概括为一个“恨”字，表现了词人抱恨终生的强烈情感。

《望江南》(多少泪) 也是李煜亡国入宋后的作品，同样抒发了词人的亡国之痛，只是取笔不同。《望江南》(多少恨) 是以乐来反衬悲，而此词则不同，采取直抒胸臆、坦吐愁恨的艺术手法。开篇“多少泪”，不是疑问，而是词人发自肺腑的哀叹！词人的愁情如巨浪劈空而来，无法收敛，只能“断脸复横颐”，任凭眼泪在脸颊上默默地滑落。“复”字更加突出泪水连绵不绝的样子。可此时又有谁能理解、安慰词人呢？没有人能明白词人的“心事”，因为其“心事”不能说。词人满腔愁恨不能说，满腹故国情怀无法诉，囚居之苦、哀世之恸跃然纸上。不但“心事”不可说，连昔日能够寄愁情的凤笙也不能吹起，这种痛苦和不自由是多么残酷啊！“凤笙”象征着词人念念不忘的豪华奢侈的帝王生活，如果此时吹笙箫，会使他更加怀念故国和曾经奢华的帝王生活，从而使他更加痛苦，故一句“休向”，给词人愁苦的心情又增添了几分不堪回首的痛苦。结句“肠断更无疑”，道出了词人心中最痛楚的感

受，有如决堤之水，一泻千里。“肠断”一词已令人不堪忍受，再加上一个“更”字，愈发显得不胜其情。词人心中不住地劝慰自己，心事不必再说，凤笙不必再吹，心中无穷难言之隐，只能含泪往肚里吞，但这样做定是要断肠无疑啊！

总而言之，两首词抒写词人深沉的痛苦，描摹细致，情真意切，如果一起吟诵，对词人的忧思愁恨会有更深地体会。

【词评】

◆此首(多少恨)忆旧词，一片神行，如骏马驰坂，无处可停。所谓“恨”，恨在昨夜一梦也。昨夜所梦者何？“还似”二字领起，直贯以下十七字，实写梦中旧时游盛况。正面不着一笔，但以旧乐反衬，则今之愁极恨深，自不待言。此类小词，纯任性灵，无迹可寻，后人亦不能规摹其万一。

此首(多少泪)直揭哀音，凄厉已极。诚有类夫春夜空山，杜鹃啼血也。断脸横颐，想见泪流之多。后主在汴，尝谓“此中日夕，只以眼泪洗面”，正可与此词印证。心事不必再说，撇去一层；凤笙不必再吹，又撇去一层。总以心中有无穷难言之隐，故有此沉愤

决绝之语。“肠断”一句，承上说明心中悲哀，更见人间欢乐，于己无分，而苟延残喘，亦无多日，真伤心垂绝之音也！（唐圭璋《唐宋词简释》）

◆此词在唐时为单调，至宋时始为双调。后主词本单调为两首，故前后段各自用韵。“车水马龙”句为时传诵，当年之繁盛，今日之孤凄，欣戚之怀，相形而益见，两首意本一贯也。（俞陛云《唐五代两宋词选释》）

◆此二首为李煜降宋后作。前首因梦昔时春游苑囿车马之盛况，醒而含恨。后首乃念旧宫嫔妃之悲苦，因而作劝慰之语，故曰“莫将”“休向”。更揣其时必已肠断，故曰“更无疑”。后主已成亡国之“臣虏”，乃不暇自悲而慰人之悲，亦太痴矣。昔人谓后主亡国后之词，乃以血写成者，言其语语真切，出自肺腑也。（刘永济《唐五代两宋词简析》）

清　平　乐[1]

别来春半[2]，触目愁[3]肠断。砌下落梅[4]如雪乱，拂了一身还满[5]。

雁来音信无凭[6]，路遥归梦难成。离恨恰如春草，更行更远还生[7]。

【注释】

①**清平乐**：词牌名。一说此首为宋曹勋所作。

②**春半**：春天过去了一半。

③**愁**：另本作“柔”。

④**砌下**：阶下。**落梅**：白梅花，开放较迟，故春半才有落梅。

⑤**拂了一身还满**：指把满身的落梅拂去了又落了满身。

⑥**雁来音信无凭**：大雁来了，音信却没有收到。中国古代有雁足传书的传说，因此看到大雁就联想到故人音信。无凭，没有凭信。

⑦**“离恨”二句**：以无边的春草比喻无尽的离别之情。更行更远，指行程越远。

【赏析】

这首词是李煜思念远方故人之作，是一首抒写离愁别恨的名篇。

开篇“别来春半”，词人直抒胸臆，道出了郁结于心的离愁别绪。有说乾德四年（966），其弟从善入宋久不得归，后主思念深苦，遂有此作。此词妙在不拘泥于个人情事，以精彩绝伦的艺术表达营造出凄婉悱恻的抒情意境，从而表达出一种最普遍最抽象的离愁别恨。与故人分别以来，春天已经过去一半了，可是故人还没回来。“别来”的阴影笼罩了词人的心，所以他所见之物全都带有愁苦之意，“触目愁肠断”，因情观景，触景生情。触目之景是“砌下落梅如雪乱，拂了一身还满”：面容憔悴的词人痴痴地站在一棵白梅树前，天空纷纷扬扬地飘着如雪的白梅，转眼间，白梅落满了台阶，也落满了衣襟。他用手拂落梅花，但很快白梅又落满了衣襟。这落梅正如离别的惆怅般，挥之不去，驱之还来。一个“乱”字，表明词人心烦意乱。

下阕描写词人对故人杳无音信、企盼不归的痛苦。起句“雁来音信无凭”，古人谓鸿雁可以传书，但如今雁来信不来，雁归人不归，词人失望至极。不过，词人似乎明白了故人为何久久不归，因为“路遥归梦难成”。结句“离恨恰如春草，更

行更远还生”，以远接天涯、绵绵不尽、无处不生的春草来比喻无穷尽的离恨。“更行更远还生”描写春草渐行渐远，更远更深，绵绵无尽，生生不竭，好似那绵绵无期的离情一般。

词中比喻精当，以纷纷飘落的落梅、绵绵不尽的芳草，形象地体现挥之不去的离愁和永无尽期的离恨，将词人离愁如潮、愁苦满怀的心情表现得淋漓尽致。

【词评】

◆欧阳公“离愁渐远渐无穷”二语，从此脱胎。(陈廷焯《云韶集》)

◆上段言愁之欲去仍来，犹梅花之拂了又满；下段言人之愈离愈远，犹草之更远还生，皆加倍写出离愁。且借花草取喻以渲染词句，更见婉妙。六一词之“行人更在青山外”、东坡诗之“但见乌帽出复没”，皆言极目征人，直至天尽处，与此词春草句，俱善状离情之深挚者。(俞陛云《唐五代两宋词选释》)

◆这是一首写离情的词。“砌下落梅”两句是写景，实际是“触目”的一个镜头。通过这两句，一方面点明“春半”的景色，一方面写出“愁肠断”。这首句不着力写愁，只说落梅“拂了一身还满”，可是他独立在花下很久很久，透露了伤春伤别的情绪。(夏承焘《唐宋词欣赏·南唐词》)

◆此首即景生情，妙在无一字一句之雕琢，纯是自然流露，丰神秀绝。起点时间，次写景物。“砌下”两句，即承“触目”二字写实，落花纷纷，人立其中；境乃灵境，人似仙人。拂了还满，既见落花之多，又见描摹之生动。愁肠之所以断者，亦以此故。中主是写风里落花，后主是写花里愁人，各极其妙。下阕，承“别来”二字深入，别来无信一层，别来无梦一层。着末，又融合情景，说出无限离恨。眼前景，心中恨，打并一起，意味深长。少游词云：“倚危亭，恨如芳草，萋萋刬尽还生。”周止庵以为神来之笔，实则亦袭此词也。（唐圭璋《唐宋词简释》）

采桑子

庭前春逐红英①尽，舞态徘徊②。细雨霏微③，不放双眉时暂开。

绿窗冷静芳音④断，香印⑤成灰。可奈⑥情怀，欲睡朦胧入梦来。

【注释】

①**庭前**：另本作“亭前”。**逐**：追逐。**红英**：红花。

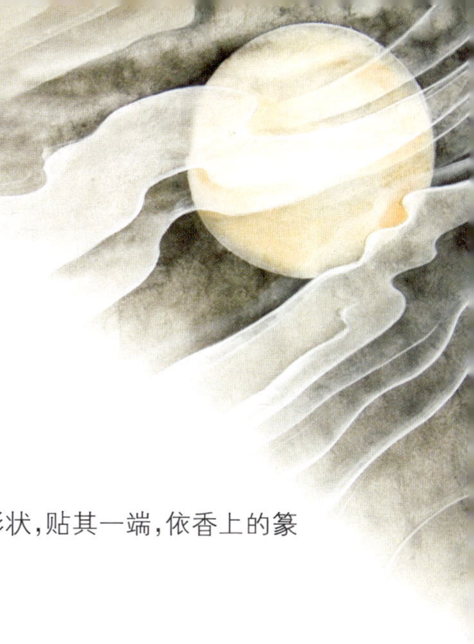

②**徘徊**：此处指花朵飞舞的姿态，回旋打转。

③**霏微**：雨雪细小的样子。

④**芳音**：佳音，指好消息。

⑤**香印**：即印香，是用多种香料捣末和匀做成的一种香。一般制成篆文“心”字形状，贴其一端，依香上的篆形印记，烧尽计时。

⑥**可奈**：怎奈，无奈。

【赏析】

这首词描写了一位女子因伤春、思人而产生的无从排解的忧愁。

上阕先写晚春情景：庭院当中，昔日盛开的红花好像被春追逐一样，都从枝头落了下来。它们对花枝还有深深的眷恋之情，即便落向地面，也是“徘徊”而下，久久不愿离开。接下来描绘了霏霏春雨，它不仅打湿了翩翩飞舞的花瓣，也在女主人公的心里升起重重愁绪。词人把落花人格化了，它们好像那红颜弱女，起舞人间，最终大多逃脱不了香消玉殒的命运。眼前的情景触动了女主人公的心事，所以她才会“不放双眉时暂开”。

下阕主要是对女主人公进行描摹。绿窗是女子闺房的代名词，“冷静”说明女主人公现在独守空房，她的生活清冷而孤寂。不过，这还不是她忧愁的真正原因，真正的原因在这一句的后三个字“芳音断”：好久没有佳音传来，怎能不忧愁！屋里，“香印”烧成了灰，这象征着女主人公那颗原本炽烈的心

就像那香印一样，正在一点点冷却，正所谓“心灰意冷”。但是，思人之苦，不是那么容易打发的！到了入睡之时，这种痛苦愈发严重，她只能到梦中去排解忧愁了，希望自己可以和思念的人在梦中相会！

这首词既写景又抒怀，景色描写和感情抒发丝丝入扣，完美地契合了女主人公的孤愁心境。那雨打落英，那成灰香印，也就是词中的女主人公心境的真实写照。全词词句精致，情调哀婉深切，颇能感染读者。

【词评】

◆幽怨。（陈廷焯《词则·别调集》）

◆这是春天怀人的词。前段说落花飞舞，细雨迷濛，触动了愁怀。后段说静待消息，无可奈何，形于梦寐。（詹安泰《李璟李煜词》）

◆眉头不放暂开，殆受归朝后禁令之严，微有怨词耶？（俞陛云《唐五代两宋词选释》）

喜 迁 莺

晓月坠①，宿云微②，无语枕频欹③。梦回芳草思依依④，天远雁声稀⑤。

啼莺散，余花⑥乱，寂寞画堂⑦深院。片红休扫尽从伊⑧，留待舞人归。

【注释】

①**晓月**：拂晓的残月。**坠**：坠落。

②**宿云**：夜间的云气。**微**：消散。晓月坠，宿云微，是天快要亮时残月将息、云气将散的景象。

③**枕频欹**：依靠着枕头。频，另本中作“凭”。

④**芳草**：常指代所忆念之人。如牛希济《生查子》词：“记得绿罗裙，处处怜芳草。”**依依**：依依不舍。

⑤**天远雁声稀**：天高雁声稀少。雁能传书，此句意谓既然大雁都来得少，爱人的消息就更得不到了。

⑥**余花**：残花，指暮春尚未凋零的花。

⑦**画堂**：华丽的厅堂。

⑧**尽从伊**：都任由他去。伊，指代花。

【赏析】

这是一首抒写相思之情的词作。

上阕写主人公梦醒后的不尽相思。“晓月坠，宿云微”，好梦初醒，此时天快要亮了。残月已经沉落，昨晚的云连同美好的梦境都已经散开，梦中人和梦都逝去了。“无语枕频欹”，主人公默默无语，孤苦伶仃地倚靠着枕头，心绪烦乱、辗转不安的情态呼之欲出。“梦回芳草思依依”，形容主人公梦醒后仍深深怀念着梦中人。“芳草”是一种代指，就是主人公梦中所见并依依怀恋的人。“芳草依依”采用了倒装句式，即“依依思芳草”。

正当主人公沉浸在对梦中人的怀念中时，天边传来了凄苦的雁鸣声。这突然传来的雁鸣声使主人公瞬间完全惊醒，这才发现自己仍旧独守空房。能够梦到日夜思念的人，似乎很幸运，但美梦被彻底惊醒后，心中愁绪之多之乱、愁怨之甚，已不用言表。

下阕描写寂寞的暮春景象，表达对佳人的思念期盼之情。“啼莺散，余花乱”，天色渐渐明亮，整日啼鸣的莺鸟已经飞走，曾经姹紫嫣红的花朵已经落英缤纷，铺满庭院。“寂寞画堂深院”，居所虽然富丽堂皇，但独处深院，冷冷清清，毫无欢愉气氛，只有深院中的寂寞愁思相随，主人公深感凄凉愁苦。“莺散”“花乱”将“画堂深院”中主人公的孤苦形象表现得淋漓尽致。暮春残景，形单影只，寂寞的景象与主人公哀婉深沉的情思交相呼应，更加令人心痛。

结尾的“片红休扫尽从伊，留待舞人归”仍是借景寓意，意思是说不要扫掉落地的花瓣，任由它飘落在地上吧！这纷纷飘落的花瓣好似主人公心中挥之不去

的相思之情。郁结于心的相思之情无法排解，主人公索性“尽从伊”，任由悠悠思念之情缠绕心头，直到“舞人归”。但这殷殷待归的良苦用心，会不会如美梦一般被惊醒后仍然是一场空呢？余味引人深思。

【词评】

◆此二词(指此首及《采桑子》“庭前春逐”)殆亦失国后所作。春晚花飞，宫人零落，芳讯则但祈入梦，落红则留待归人，皆极写无聊之思。《采桑子》词之眉头不放暂开，殆受归朝后禁令之严，微有怨词耶？(俞陛云《唐五代两宋词选释》)

◆这是抒写怀念一个喜爱的女子的小词。前半是说通宵梦想，消息沉沉，很觉难过。后半更从冷静堂院同时又是满地艳红的极不调和的气氛中描绘出矛盾冲突的心境。这样，尽管有触目伤心的落花(过去的人常以花象征美人，落花象征美人的不幸遭遇）也就索性不扫了。为什么不扫落花呢？第一，要留给喜爱的人看看，好花到了这个地步是多么可惜，来引起她的警惕；第二，要喜爱的人明白，惜花的人对此又是多么难堪，来引起她的怜惜。总之，希望从这里来感动她，以后不再远离。说来虽很简单，意义却很深长的。陆淞《瑞鹤仙》词有这么一段：“阳台路迥(一作“远”)，云雨梦，便无准。待归来，先指花梢教看，欲把心期(心愿)细问，问因循(随随便便，不稍改变)，过了青春，怎生意稳(安)？”说得很透辟，虽怀念的对象有所不同，表达男女间的心情，正可互相印证。(詹安泰《李璟李煜词》)

乌　夜　啼[1]

林花谢了春红[2]，太匆匆！常恨[3]朝来寒雨晚来风。

胭脂泪[4]，留人醉，几时重。自是[5]人生长恨水长东。

【注释】

①**乌夜啼：**又名《相见欢》。此词别见《乐府雅词拾遗》卷下，无撰人姓名。《词学丛书》本注云“李后主作”。

②**林花：**林中之花。**谢：**凋落，衰退。**春红：**春天的花朵。此句意为林花已经褪去了红艳的色彩。

③**常恨：**另本作“无奈”。

④**胭脂泪：**红泪。女人抹过胭脂后流泪，泪水即为红色。此句承上而言落花，花朵带露亦成红色，因此语意双关。

⑤**自是：**自然是，本是。

【赏析】

这是一首伤春的小令，语言清新，沉哀入骨，意味深长，是李煜降宋后所作。词人通过描写春残花谢的凄凉景象，抒发了人生失意的无限惆怅。

上阕主要写风雨摧花使花凋零之景，寄寓着词人的无奈和感伤情怀。起句“林花谢了春红”，美丽的春花多么惹人喜爱，可是偏偏“谢了”，叫人怎能不惋惜伤怀？下句“太匆匆”三字，使本来就非常强烈的惋惜情绪更加强烈了。一个“太”字，无限依恋，无限惋惜。真是一声浩叹，一笔千钧。春花到底为什么会这么快凋谢呢？原因是“常恨朝来寒雨晚来风”。娇媚的春花如何能受得了朝朝暮暮的风吹雨打，那朝之寒雨、晚之急风便是使百花过早凋零的摧残者。句中的“朝”和“晚”是复指，即朝朝暮暮之意，表明寒风急雨次数之多，对“林花”摧残之久和打击之重。“林花”无力抗拒春天匆匆离去，它只能“无奈”地忍受着这风吹雨打、“无奈”地凋零，这其中也蕴涵了词人对自己身世的哀叹。那被风雨摧残的“林花”不就是词人自己吗？他原本过着富贵的帝王生活，在“朝来寒雨晚来风”的袭击下——宋兵的刀枪威逼下，过早地“谢了”，情景交融得天衣无缝。

下阕抒写好景不再的哀愁和人生苦短的怨恨。起句“胭脂泪”是拟人的手法。胭脂原是女子搽脸的红粉，此则指代凋谢的“林花”。“胭脂”和“泪”，是说那飘落满地的春花，被寒雨打湿，好似美人伤心至极而和着胭脂滴下的泪。“留人醉，几时重”，有叙有问，叙的是相惜相怜的痛楚，问的是何时花还能再开，失去的帝王生活何时能重来？此处的“醉”不是说酒醉，而是说悲凄之极，心如迷醉。词人无奈之下，发出了一声悲叹：“自是人生长恨水长东”。其中“人生长恨”是指他从一国之君变成了阶下囚，而产生的无限悔恨之情。他的“人生长恨”犹如“水长东”一样的无穷无尽、无休无止。此句将词人愁思如潮、抑郁满怀的心情表现得淋漓尽致。

【词评】

◆前半阕濡染大笔。(谭献《词辨》)

◆后主词，凄婉出飞卿之右，而骚意不及。(陈廷焯《词则·大雅集》)

◆后主为樊若水所卖，举国与人。词借伤春为喻，恨风雨之摧花，犹逆臣之误国，迨魁柄一失，如水之东流，安能挽沧海尾闾，复鼓回澜之力耶！(俞陛云《唐五代两宋词选释》)

◆此首伤别，从惜花写起。“太匆匆”三字，极传惊叹之神。“无奈(常恨)”句，又转怨恨之情，说出林花所以速谢之故。朝是雨打，晚是风吹，花何以堪，人何以堪，说花即以说人，语固双关也。“无奈”(常恨)二字，且见无力护花，无计回天之意，一片珍惜怜爱之情，跃然纸上。下阕，明点人事，以花落之易，触及人别离之易，花不得重上故枝，人亦不易重逢也。“几时重”三字轻顿，“自是”句重落。以水之必然长东，喻人之必然长恨，语最深刻。“自是”二字，尤能揭出人生苦闷之意蕴。此与“此外不堪行”“肠断更无疑”诸语，皆重笔收束，沉哀入骨。(唐圭璋《唐宋词简释》)

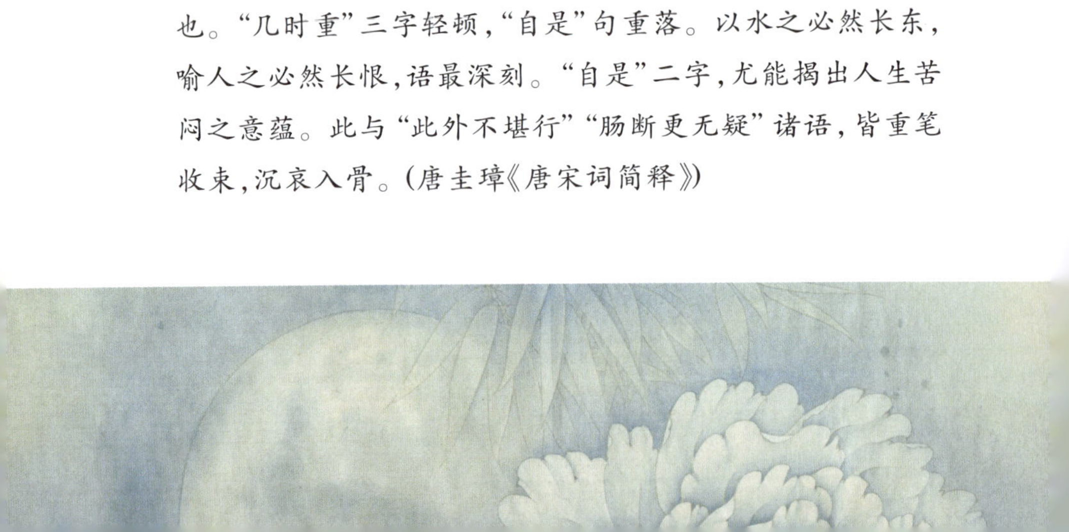

◆这首词怕也是李煜入宋后所作。前段写景物，虽是写客观的景物，但用“太匆匆”，用“无奈(常恨)”，句意便转向主观的感受，而不是徒作客观的描写。融景入情，景为情使，是抒情而不是体物，景物只是作者所选用的素材，虽是特殊而带有普通的意义。读者在这里所感染到的是美好的东西横遭摧毁，并不限于“林花”，“林花”的命运如此，其他和“林花”同样命运的都如此。后段转到人事，把“林花”值得留恋比同女人留醉，也是举出一种最凄艳动人的事件来说的，个别而带有一般的性质，不局限于这一事件。从这些方面去理解，就足够表现“人生长恨水长东”这样的一个意义极为深广的主题思想了。(詹安泰《李璟李煜词》)

蝶　恋　花[1]

遥夜亭皋闲信步[2]。乍过清明[3]，早觉伤春暮[4]。数点雨声风约住[5]，朦胧淡月云来去[6]。

桃李依依春暗度[7]。谁在秋千，笑里低低语？一片芳心[8]千万绪，人间没个安排[9]处。

【注释】

①**蝶恋花**：词牌名。关于此词作者，一直说法不一。宋杨绘《时贤本事曲子集》以为是李冠作，《唐宋诸贤绝妙词选》《类编草堂诗余》《词的》《古今词统》等均是此说，且题作《春暮》。而《欧阳文忠公近代乐府》中载为欧阳修作。以为此词是李煜作的有《尊前集》《花草粹编》《全唐诗》《历代诗余》《南唐二主词》等，现一般依此说。

②**遥夜**：长夜，深夜。**亭皋**：水边的亭子。皋，水边高地。**闲**：吴本二主词中误作“闭”。闲，安闲。**信步**：随意行走，漫步。

③**乍过**：刚过，才过。**清明**：清明节，二十四节气之一，在公历每年的 4 月 4～6 日。我国有清明节踏青、扫墓的习俗。

④**早觉**：《历代诗余》《全唐诗》《古今词统》等本中均作“渐觉”。**春暮**：春晚。

⑤**约**：约束，约住。**住**：遮拦住。全句意思是指雨声被风声遮住。

⑥**淡月：**不太明亮的月亮或月光。**云来去：**指云彩飘浮不定。

⑦**桃李：**《古今词统》《词的》《尊前集》《类编草堂诗余》等本均作"桃杏"。桃李，桃花和李花。《诗经·召南》中有："何彼矣，华如桃李。"之句。后便以"桃李"形容人的容貌姣美。**依依：**形容鲜花盛开的样子。**春暗度：**指春光在不知不觉之中悄然而过。暗，悄悄，不知不觉。度，通"渡"，越过，过去。

⑧**芳心：**即花蕊。这里指女人的心。

⑨**安排：**安置排解。

【赏析】

这首词抒写主人公感伤春景、怀忧自伤的情怀，从词意上看，应是李煜中晚期的作品。

此词通过描写词人在暮春夜晚漫步时所见的景色，抒发了词人伤春、相思的情怀。上阕首句"遥夜亭皋闲信步"，点明了时间和地点。漫漫长夜，看起来是闲适，而其实是心中烦闷，长夜难眠，只好无奈地信步游走，是闲极而烦之意。接着"乍过清明，早觉伤春暮"，按理说清明刚过，正是春光明媚之时，可是词人却已经"伤春暮"。词人来到水边的凉亭，到底看到了怎样令人感伤的景色？"数点雨声风约住，朦胧淡月云来去"，刚刚听到了几点春雨声，却被无情的春风遮住而听不到了。天上的月亮因有浮云的遮挡而变得朦胧不明。此两句写景，淡雅有致而又曲意绵延，从中可见词人心随风雨、情如云月的伤春情怀，令人生悲！

下阕“桃李依依”，描写桃李等百花盛开的娇媚样子，但正值百花争艳时，春光却悄然而逝，仿佛人生中岁月流逝总是无可挽回的。正在词人遐想联翩之际，听到远处有妇女荡秋千的轻声笑语。他人欢情而唯“我”独伤，怎能不令人感到悲叹！结句“一片芳心千万绪，人间没个安排处”，词人千愁万恨在心头，可是世间却没有人能理解，没有办法可排解，由此可见其感伤、愁苦与相思的程度之深。

全词多用白描手法，信笔画之，信手拈之，但一切景语皆为情语，这是李煜词作的基本风格。总看全词，质朴无华，淡雅疏朗，含蓄悠远，有“疏而能深，淡而能远”的艺术风格。

【词评】

◆“红杏枝头春意闹”“云破月来花弄影”，俱不及“数点雨声风约住，朦胧淡月云来去。”予尝谓李后主拙于治国，在词中犹不失为南面王。(沈谦《填词杂说》)

◆上半首工于写景，风收残雨，以“约住”二字状之，殊妙。雨后残云，唯映以淡月，始见其长空来往，写风景宛然。结句言寸心之愁，而宇宙虽宽，竟无容处，其愁宁有际耶！唐人诗“此心方寸地，容得许多愁”，愁之为物，可谓放之则弥六合，卷之则退藏于密，唯能手得写出之。(俞陛云《唐五代两宋词选释》)

长　相　思

云一緺[1]，玉一梭[2]，淡淡衫儿薄薄罗[3]。轻颦双黛螺[4]。

秋风多，雨相和，帘外芭蕉三两窠。夜长人奈何！

【注释】

①**云一緺**：一束头发。云，指头发。緺，古时女子头发一束为緺。

②**玉一梭**：梭形的玉质发饰。

③**淡淡**：颜色浅淡。**衫儿**：泛指上衣。**罗**：罗裙，丝质的裙子。

④**轻颦**：微微皱眉。**黛螺**：即螺黛。六朝妇女涂眉的颜料。诗词中多代指眉毛。

【赏析】

此词应是李煜前期的作品，描写一位女子的秋夜愁思，是典型的闺怨词。

上阕勾勒出了女子动人的形貌和神态。“云一緺，玉一梭”，描写女子发式、头饰之美。女子秀鬓如云，梭簪如玉。接着又写女子淡雅的衣着，“淡淡衫儿薄薄罗”。“淡淡”和“薄薄”两个叠词的使用，别具一格，于浅白中见新意，于细微处见匠心。

虽没有写女子容颜，但这种比喻和衬托却从侧面写出了女子的容貌娇美、气质高雅、体态轻盈。可是，姣美动人的美人却愁容满面，“轻颦双黛螺”。她轻皱着眉头，原来她心中有着悠悠的幽怨和愁苦。

下阕借秋景写美人心境，是上阕“轻颦双黛螺”的延续。“秋风多，雨相和，帘外芭蕉三两窠”，瑟瑟秋风本就容易催人发愁，更何况还“雨相和”。词人没有单写风，也没有单写雨，而是写风雨交加，更增添了秋夜愁思的凄苦。秋风冷雨相加，风扫庭院，雨打芭蕉，而美人的愁苦心绪正与这瑟瑟秋风、潇潇秋雨交织在一起，终于不自禁地长叹：“夜长人奈何。”漫漫长夜，孤单一人。窗外秋风卷帘，雨打芭蕉，在这令人心碎的声响里，相思又该是何种滋味呢？这寂寞冷清的长夜该怎么熬过去呢？

全词用词极美，意境淡雅凄冷。词中处处写愁，但却只见愁意，未见愁字，是写闺怨秋思、雨夜轻愁的不可多得的佳作。

【词评】

◆字字绮丽。结五字婉曲。（陈廷焯《云韶集》）

◆上叠写出美人的颜色服饰，轻盈袅娜，正是一个“梨花一枝春带雨”的美人。而后叠拿风雨的愁境，衬出人的心情，浓淡相间，深刻无匹。（唐圭璋《词学论丛·李后主评传》）

◆上半写一个女子的装束和情态。但给予读者的印象，不仅是一个女子的这种装束和情态而已，同时还可以看出她的苗条的身材、富于感情的内心以及她的整个标格和丰韵，觉得这是一个值得爱慕的女子。这原因，就和作者运用精练准确的字句有关。如里面用了两个“一”字、一个“儿”字、一个“轻”字，两组重叠字“淡淡”和“薄薄”，都能够使得这个人物形象更加有“亭亭玉立”的风致，整个标格和丰韵都从中透露出来。（詹安泰《李璟李煜词·前言》）

捣练子令[1]

深院静，小庭空，断续寒砧[2]断续风。
无奈夜长人不寐[3]，数声和月到帘栊[4]。

【注释】

①**捣练子令**：词牌名。此词又作冯延巳词，见于《尊前集》《啸余谱》卷九、《南曲谱》卷二十双调、《词谱》卷一。但冯延巳的《阳春集》中未载。

②**砧**：捣衣石。妇女在捣衣时容易不由自主地想起远方的丈夫，而秋风吹起，天气寒凉就更增添了愁情，因此有“寒砧”之说。

③**无奈**：另本作“早是”。**不寐**：无法入眠。另本作“不寝”。

④**和月**：伴随着月光。**帘栊**：泛指门窗上挂的帘子。

【赏析】

这是一首伤秋的小令，抒写了主人公因寒夜捣衣的声音而引发的离情愁绪。

词的开篇描写了一个十分寂静、空虚、冷清的环境：“深院静，小庭空。”主人公深居这空旷、冷清的庭院，备感凄苦寂寞。头两句看似写景，实际是衬托出主人公内心的寂寞、凄苦。“深”本身就有一种无

法明见的孤寂之感；“静”为捣衣之声能声声入耳作了铺垫，只有在这安静、寂寥的环境里，远处被风吹来的捣衣声才有可能被这小庭深院的主人听到。在这寒冷凄苦的夜晚，主人公听到了时断时续的风声带来的若有若无的捣衣声。两个“断续”用得极妙，表面是指风声时断时续，捣衣之声有轻有重；实则暗指主人公的心境，忧思波浪起伏、无法宁静。这砧声令主人公想起的是别离、忧愁和相思。另外，“寒砧”一词寓意也很深，不仅仅是指夜寒，还指代主人公因愁苦相思之情难遣导致的心寒。此三句看起来是写景，实际上是写人，是以景寓意的写法。

紧接着“无奈夜长人不寐”，描绘了主人公长夜无眠、离愁绵远的情景。“无奈”不仅有无可奈何之意，更增强了主人公情思的愁苦。主人公为什么夜深不寐呢？不是砧声吵人，也不是风声扰人，而是这若有若无的砧声引发了相思离愁。夜虽然很深了，可是这砧声仍断断续续地传来，并伴随着月光传入了窗内，“数声和月到帘栊”。秋月的冷光和砧声和在一起，共同触动着这位“不寐者”的心弦。

全词虽然没有一字明写愁思，却声声字字都表现出主人公惹人生怜的愁苦之情。词人没有大肆渲染，只是用“数声”砧声和朴素的月光唤起了读者对一个孤独无眠者的同情和怜爱，全词毫无雕琢之痕，情深意切。

【词评】

◆曲名《捣练子》，即以咏之，乃唐词本体。首二句言闻捣练之时，院静庭空，已写出幽悄之境。三句赋捣练。四、五句由闻砧者说到砧声之远递。通首赋捣练，而独夜怀人情味，摇漾于寒砧断续之中，可谓极此题能事。杨升庵谓旧本以此曲为《鹧鸪天》之后半首，尚有上半首云："塘水初澄似玉容，所思还在别离中。谁知九月初三夜，露似珍珠月似弓。"案《鹧鸪天》调，唐人罕填之。况"塘水"四句，全于捣练无涉，升庵之说未确。但露珠月弓，传诵词苑，自是佳句。（俞陛云《唐五代两宋词选释》）

◆此首闻砧而作。起两句，叙夜间庭院之寂静。"断续"句叙风送砧声，庭愈空，砧愈响，长夜迢迢，人自难眠。其中心之悲哀，亦可揣知。"无奈"二字，曲笔径转，贯下十二字，

四层含意。夜既长，人又不寐。而砧声、月影，复并赴目前，此境凄迷，此情难堪矣。(唐圭璋《唐宋词简释》)

◆这词是写离怀别感的，自始至终没有一句不从这样的感情出发，拆开来看，句句都是可以独立抒发这种感情的境界。然而通首总共只有二十七个字，接触到人物本身的只有“无奈夜长人不寐”七个字，作者把其他许多足以引动离怀别感的情景——院静、庭空、寒风阵阵、砧声断续、月照帘栊都集中起来，向这不寐人侵袭，使这不寐人的离怀别感的深度和强度都凸现在读者的眼前。这样地运用深刻的艺术构思，这样地运用高度概括的艺术手法，应该说是李煜在小词的创作上一种异常杰出的成就。古典作家在极短小的篇幅中能够表达出很深厚的感情，往往是在真实的生活基础上经过匠心独运千锤百炼的成果，是不能轻易看过的。(詹安泰《李璟李煜词 · 前言》)

浣　溪　沙

红日已高三丈透①，金炉次第添香兽②。红锦地衣随步皱③。

佳人舞点金钗溜④，酒恶⑤时拈花蕊嗅。别殿遥闻箫鼓⑥奏。

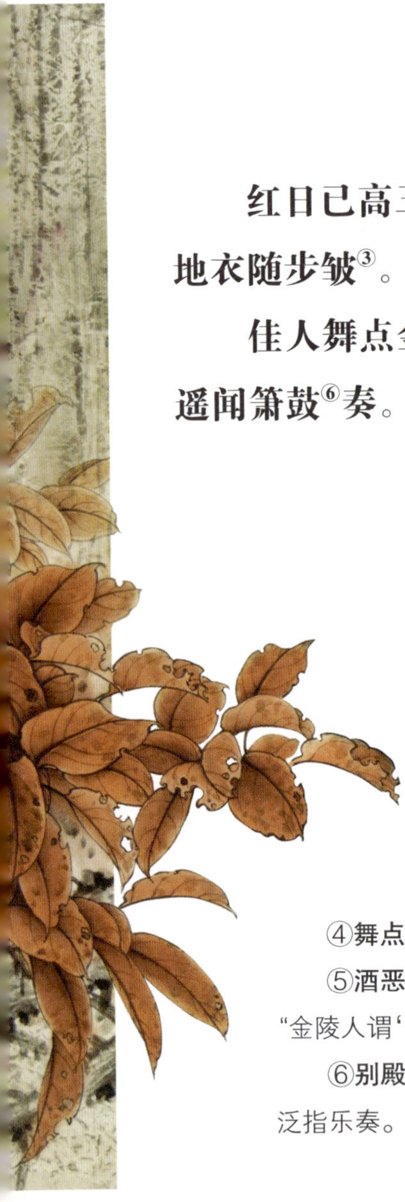

【注释】

①**红日**：另本作“帘日”。**透**：过。**三丈透**：即日上三竿。按《浣溪沙》本用平韵，用仄韵始自此词。

②**金炉**：铜制的香炉。**次第**：依次。**香兽**：指用炭屑匀和香料制成的兽形的香饼。

③**地衣**：地毯。唐白居易《红绣球》诗：“地不知寒人要暖，少夺人衣作地衣。”红锦地衣即用红色锦缎制成的地毯。**随步皱**：随着脚步起皱。

④**舞点**：按照鼓点的节拍起舞。**溜**：滑脱。

⑤**酒恶**：酒醉，亦称为“中酒”。宋赵令畤《侯鲭录》卷八：“金陵人谓‘中酒’曰‘酒恶气’”，此处后主用俗语、乡语入词。

⑥**别殿**：正殿以外的殿堂，是帝王的居所。**箫鼓**：箫与鼓，泛指乐奏。

【赏析】

这首词是李煜早期的作品，真实地再现了李煜尚贵为一国之君时纵情享乐、豪华奢侈的帝王生活。

“红日已高三丈透”，开篇便点出了时间，即红日高高升起的上午时分。此时帝王正在忙些什么呢？他没有忙于处理政事，因为昨夜通宵达旦玩乐，今天日照三竿才慢慢醒来。初醒不久便又接着玩乐，于是又是一天的恣情歌舞，纵欲声色。“金炉次第添香兽”，大家都纷纷忙了起来，有的连续不断地往金炉里添炭火。“红锦地衣随步皱”，舞姬翩翩起舞，你看，红色锦缎做成的地毯随着翩跹舞步都起皱了。“随步皱”三字凝练而生动地写出舞步飞旋、地毯起皱的情形，隐隐地展示出舞会氛围的热烈。由此可知，宫廷里的歌舞，不仅通宵达旦，而且是夜以继日的，词人沉迷于奢靡的生活竟达到了如此程度。“金炉”“香兽”和“红锦地衣”等词表现出了词人生活的华贵、奢靡。

下阕描写词人眼中美人曼妙的舞姿。“佳人舞点金钗溜”，舞姬随着音乐的节拍翩翩起舞，一曲跳完之后，佳人头上的发髻松散、金钗滑落，从中可见佳人已经身疲力乏了，但为了满足帝王享乐要求，不得不将曲子跳完。由此可见，歌舞一直未休，可能是夜以继日的。而此时词人自己也已是醉眼朦胧，他顺手摘下一枝花，凑到鼻子跟前闻闻，希望能解些酒气，力图继续宴饮享乐。词至此，将词人的纵情逸乐描写得淋漓尽致，真实如画。“酒恶”的词人又听到远处的“别殿”也奏起了箫

鼓。此刻，别殿上也欢声笑语、歌舞正酣呢，他自然要移驾去观赏一番。可见，宫廷之内，处处都是欢歌笑语。

【词评】

◆帝王文章自有一般富贵气象。国初，江南遣徐铉来朝。铉欲以辨胜，至诵后主月诗云云。太祖皇帝但笑曰："此寒士语耳，吾不为也。吾微时，夜自华阴道中逢月出，有句云：'未离海底千山暗，才到中天万国明。'"铉闻，不觉骇然惊服。太祖虽无意为文，然出语雄健如此！予观李氏据江南，全盛时宫中诗曰："红日已高三丈透(略)。"议者谓与"时挑野菜和根煮，旋斫生柴带叶烧"者异矣。然此尽是寻常说富贵语，非万乘天子体。予盖闻太祖一日与朝臣议论不合，叹曰："安得桑维翰者与之谋事乎！"左右曰："纵维翰在，陛下亦不能用之。盖维翰爱钱。"太祖曰："措大家眼孔小，赐与十万贯，则塞破屋子矣。"以此言之，不知彼所谓"金炉""红锦地衣"当费得几万贯？此语得无是措大家眼孔乎？(陈善《扪虱新话》)

◆《扪虱新话》云："帝王文章，自有一般富贵气象。"此语诚然。但时至日高三丈，而金炉始添兽炭，宫人趋走，始踏皱地衣，其倦勤晏起可知。恣舞而至金钗溜地，中酒而至嗅花为解，其酣嬉如是而犹未满足，箫鼓尚闻于别殿。作者自写其得意，如穆天子之为乐未央，适示人以荒宴无度，宁止杨升庵讥其忒富贵耶？但论其词，固极豪华妍丽之致。（俞陛云《唐五代两宋词选释》）

◆此南唐未亡前李煜所写宫中行乐之词。此时江南，生产力已发达，统治者享受极其侈靡，锦作地衣，即其证。（刘永济《唐五代两宋词简析》）

◆此首写江南盛时宫中歌舞情况。起言红日已高，点外景。次言金炉添香，地衣舞皱，皆宫中事。换头承上，极写宴乐。金钗舞溜，其舞之盛可知；花蕊频嗅，其醉之甚可知。末句，映带别殿箫鼓，写足处处繁华景象。（唐圭璋《唐宋词简释》）

菩　萨　蛮[1]

花明月暗笼轻雾[2]，今宵好向郎边去。刬袜[3]步香阶，手提金缕鞋[4]。

画堂[5]南畔见，一向偎人颤[6]。奴为出来难，教君恣意怜[7]。

【注释】

①**菩萨蛮：**词牌名。《尊前集》调作“子夜啼”。《词综》调作“子夜”。

②**笼轻雾：**笼罩着薄雾。

③**刬袜：**只以袜贴地。刬，犹言“光着”。

④**金缕鞋：**以金钱绣饰的鞋子。金缕，指金丝。

⑤**画堂：**华丽的厅堂。一说指彩画装饰的殿堂。

⑥**一向：**一晌，片刻。形容时间很短。**颤：**发抖。

⑦**恣意：**纵情、尽情。**怜：**爱怜、疼爱。

【赏析】

这是一首非常著名的艳情词，描绘的是一位女子和她的情人幽会偷情的情景。有人说这首词是描写后主自己与小周后约会之事，因据马令《南唐书》记载，在昭惠后病笃时，后主就私幸其妹，后纳为小周后，当时朝野均多微词。

此词上阕描写这位少女前去约会的情景。“花明月暗笼轻雾”一句，描绘了路上的景致：繁花似锦，月色朦胧，轻雾如纱，同时又点出了赴约的时间：傍晚时分；“今宵好”，用来幽会再合适不过。下两句则是这位女子的动作描写，词人抓住了她一个谨小慎微的动作进行描写：脱下脚上的金缕鞋提在手中，只穿着袜子走上了台阶，顿时，她的婀娜身段、轻盈步履以及顾盼生姿的情态，都跃然于读者眼前，令人怦然心动。

再看词的下阕，在“画堂南畔”，少女见到了她的情人，情不自禁地依偎在他的怀抱里，“芳心乱跳”，身体竟不禁颤动起来，“一向”表明了这个依偎动作的持续时间，她在尽情享受这一刻的甜蜜。短短五个字，少女那热切、激动而又心满意足的神态跃然纸上，之前一番担惊受怕总算没有白费，积蓄已久的感情终于找到了发泄的出路！最后两句，词人引述了这位少女的话：奴家任你恣意爱怜！情真意切，语言浅显，毫无作伪之态。不过，此一句和上一句一样，未免有些狎昵、露骨，女子敢如此毫无忌讳地吐露内心的想法，这在封建礼教的时代是不可想象的。

需要指出的一点是，这首词的思想性远不如其中所包含的艺术性。它感情真挚、描写生动，且从女子视角下笔，新颖独特；语言朴实、口语化色彩明显，虽隐约可见是宫闱之事，却不见一般宫闱诗词之富贵、华丽。所以，这首词不愧是李煜爱情词的代表作。当然，词中所涉轻薄香艳之事，则应当予以批判。

【词评】

◆后主继室周后，昭惠之母弟也。警敏有才思，神彩端静。昭惠感疾，后常出入卧内，而昭惠未之知也。一日，因立帐前，昭惠惊曰：“妹在此耶？”后幼，未识嫌疑。即以实告曰：“既数日矣！”昭惠恶之，返卧不复顾。昭惠殂，后未胜礼服，待年宫中。明年，钟太后殂，后主服丧，故中宫位号久而未正。至开宝元年，始议立后为国后……后自昭惠殂，常在禁中。后主乐府词有“刬袜步香阶，手提金缕鞋”之类，多传于外。至纳后，乃成礼而已。翌日，大宴群臣，韩熙载以下皆为诗以讽焉，而后主不之谴。（马令《南唐书·继室周后传》）

◆竟不是作词，恍如对话矣。如此等，《词的》中亦不多得。（茅暎《词的》）

◆“刬袜”二语，细丽。“一向”妙，香奁词有此，真乃工绝。后人着力描写，细按之总不逮古人。（陈廷焯《云韶集》）

◆这是描写一个女子偷偷地去和一个男人幽会的情况。开首先来这样的一个境界：娇艳的花，正开在朦胧淡月、迷濛轻雾之中。似近似远，若隐若现，和主题的表现作了极其美妙的配合。接着用自己决定的口吻来点清主题。“刬袜”以下，极其生动细致地塑造了一个双袜着地，一手提鞋，带着慌张的神情而又轻轻地跑着的形象，真是一张挺好的画面。后段先描绘她会见男人时片刻间的羞怯的状态，然后表白了自己的火热的爱情。由于机会的难得，不能不纵情淫乐。描写虽涉猥亵，但很大胆，很率真。（詹安泰《李璟李煜词》）

望　江　南[1]

闲梦远，南国正芳春[2]。船上管弦江面绿[3]，满城飞絮滚轻尘[4]。忙杀[5]看花人。

闲梦远，南国正清秋[6]。千里江山寒色[7]远，芦花深处泊孤舟。笛在月明楼[8]。

【注释】

①**望江南：**词牌名。本词有多个别名，如《望江梅》《忆江南》《春去也》《望江楼》《攀江南》等。

②**南国：**泛指我国长江以南地区，这里代指南唐国土。**芳春：**美好的春天。

③**管弦**：管乐器(箫、笛)与弦乐器(琴、瑟)，泛指乐器。**绿**：绿波。

④**满城飞絮滚轻尘**：柳絮满城，随着轻轻的尘土翻飞。滚，另本作“辊”。

⑤**忙杀**：犹言“忙死”。另本作“愁杀”“忙煞”。

⑥**清秋**：清净爽朗的秋天。

⑦**寒色**：寒冷时节的景色。

⑧**月明楼**：有明月相照的楼台。

【**赏析**】

这首《望江南》，有人认为实为两首，为联章体。上半首写江南之春，下半首写江南之秋，都是李煜在宋朝都城汴梁城被囚时所作。身为俘虏的他此时唯一能做的就是借怀念昔日的美好时光来排解眼前的忧愁，这首词便是怀旧之作。

上半首怀念江南之春。上来一个“闲”字，点明词人的处境，此“闲”乃“闲得无聊、无奈”之“闲”，而不是“悠闲自在”之“闲”。下来一个“梦”字统领全篇，词人身陷囹圄，怀念故国也只有“梦”这种方式。“远”则是实写，一是词人所在东京和故国江南远隔万水千山；二是心灵距离上的遥远，“往事不堪回首”。接下来切入正题，词人描绘了一幅春光浪漫之时的江南胜景：一个“芳”字便概括出此时江南大地处处繁花似锦的景象，一艘艘游船画舫点缀江面，碧绿清澈的江水之上回荡着阵阵悦耳的丝竹之声；城中也是好景致，不过词人用笔独特，他写的是漫天飞舞的柳絮、杨花和灰尘，读者自然可以从漫天柳絮中推出此时城中是一片“数树新开翠影齐，倚风情态被春迷”的景象，而各处繁华街市，只有车水马龙、游人如织、行人络绎不绝，才会形成“滚轻尘”的场景。最后一句，“忙杀看花人”，点出融融春景中的观景人。至此，一幅花似海、人如潮的南国春景完整地呈现在读者面前。其实，南国的百姓未必都和他一样，有如此的兴致游山逛景。不过李煜是一个纯朴、天真的人，在他的心中，昔日南国春天就是如此热热闹闹，百姓们都是兴致勃勃，只有这样，他才能从追忆中得到一丝宽慰。不过，昔日的场景越美好，就衬托得他今天的处境越发尴尬和孤寂。

下半首写梦忆江南之秋。首句三字和上半首完全一样，第二句则点出时间以及地点：秋高气爽，南国大地。接下来，“千里”二字，概写江南景色，千里江南大地一片寒色。一个“寒”字，奠定了全词的感情基调，它既是此时景色特点的高度浓缩，同时也是词人悲凉心情的真实写照。秋天一向是“伤心的季节”，“自古逢秋悲寂寥”，作者也不例外。另外，需要指出的是，“千里江山寒色远”的“远”字和首句“闲梦远”的“远”重韵。本词并非长篇，却犯了这样的错误，也许是词人随情信笔，无暇他顾了吧！

再往下看，远望芦花荡深处，在水边停泊着一只小船，孤单单、冷清清，萧条意味更加深重。李煜其实也似一叶孤舟，搁浅在人生的浅滩上。下一句，词人又描绘了一幅静谧而又悲寥的场景：清冷的银色月光下，一座小楼孤零零地耸立在那里，从楼上传出了悠扬的笛声，

传向四方。清远的笛声一向都是和抒怀、思旧联系在一起，魏晋的向秀《思旧赋》当中有“听鸣笛之慷慨兮，妙声绝而复寻”之句；唐杜甫《吹笛》诗中有“吹笛秋山风月清，谁家巧作断肠声”诗句。在这里，笛声是整幅静谧画面上唯一的动态事物，在它的点缀下，这幅画面中孤寂、悲凉的气氛更加浓厚了，所以，认为笛声是画龙点睛之笔也不为过。这首小词，以梦为切入点，忆往日秋景，凄凉萧条，可见词人心中也是无比孤寂、悲苦的。全词无精心雕饰之痕，但是营造气氛非常到位，寥寥数字，一幅深秋夜景便浮现在眼前，读来甚至还会感到丝丝寒意，李煜才力可见一斑。

【词评】

◆这是李煜入宋后眷恋南唐的心情的一种表现。写的虽然只是美妙的境界，由于他对这美妙的境界的梦想和爱慕，就渗透着现实生活孤寂难堪的情味；写的虽然只是芳春和清秋中的个别的景物情事，由于他抓住了最具有代表性的、最动人的东西作精细的刻画，就体现出整个美丽的南国的全貌。（詹安泰《李璟李煜词》）

◆寥寥数语，括多少景物在内。（陈廷焯《词则·别调集》）

◆此首写江南秋景，如一幅绝妙图画。“千里”句，写秋来江山之寥廓，与四野之萧条。“芦花”句，写远岸芦花之盛，与孤舟相映，情景兼到。末句，写月下笛声，尤觉秋思洋溢，

凄动于中。孤舟，见行客之悲秋；笛声，见居人之悲秋。张若虚诗云“谁家今夜扁舟子，何处相思明月楼”，亦兼写行客与居人两面。后主词，正与之同妙。（唐圭璋《唐宋词简释》）

◆把整个南国最美妙动人、值得留恋的具体情景，从芳春、清秋两个季节中的一些最突出的景物情事中勾画出来，使了解南国生活的读者感到这些情景确实足以代表南国最美好的风光，未到过南国的读者也不能不受到这些情景的感动而向往于南国的美好生活。这类的写法，有人仅仅理解为选择题材的问题。其实从艺术构思说，实是作者经过深刻地体验，仔细地思考之后，加以概括集中的成果。（詹安泰《李璟李煜词·前言》）

菩　萨　蛮

蓬莱院闭天台女[1]，画堂昼寝人无语。抛枕翠云光[2]，绣衣闻异香[3]。

潜来珠锁[4]动，惊觉银屏[5]梦。脸慢笑盈盈[6]，相看无限情。

【注释】

①**蓬莱院：**形容仙境般的庭院。蓬莱，指蓬莱山，古代传说中的海上仙山。**天台女：**仙女。天台是山名，在今浙江天台县北。相传东汉刘晨、阮肇入天台山采药，遇二女，留住半年回家，子孙已历七世，乃知二女为仙女。事见《太平御览》卷四一。

②**抛枕：**睡觉时将头发散置在枕头上。**翠云光：**形容妇女的头发乌黑光亮。

③**绣衣：**彩绣的丝绸衣服。古代达官贵人穿的衣服。**异香：**异常的香味。

④**潜来：**偷偷地来，暗中来。**珠锁：**以珍珠穿缀而成的门环，泛指门上的饰物。

⑤**惊觉：**受惊而觉醒；惊醒。**银屏：**白色而有光泽的屏风。一说指镶银的屏风。

⑥**脸慢：**即“曼脸”。美丽的脸庞。慢，“曼”的借字。**盈盈：**美好的样子。盈，通“赢”。

【赏析】

这首词是李煜早年的作品，描写的是宫廷生活。具体说则是一位男子去见他的情人，和另一首《菩萨蛮》(花落月暗笼轻雾) 正好相反，结构则极为相似，所以可以称得上是姊妹篇。有说此词描写的是李煜与宫女调情的情景。

此词上阕写这位男子去见情人、情人却在睡觉的情景。情人在哪？身居蓬莱仙院，自是天台仙人，其美自不待言。一个“闭”字，似乎点出了这位女子的身份：深居简出，一般人不得睹其芳姿，这也正好和这女子乃是李煜的宠妃——小周后的说法契合。再往下看，此时正是白天，殿堂之上却静悄悄，原来这位女子正在“昼寝”。于是，作者用他的妙笔描绘了她的睡态：长发乌黑亮丽，好似翠云，绣衣下的玉体似乎散发着异香。短短十个字，一位貌美如仙的女子形象便跃然纸上。

上阕描写女子睡态，是静态描写；下阕则是动态描写。这位男子虽是小心翼翼，悄声潜行，但是开启门户时，门上的珠锁响动，那位女子闻之醒来。可见她虽在梦中，但是也非沉睡，可能和男子早有约定，所以一有响动，便辞了周公而回。

且看梦中醒来的她如何看她的情郎：“脸慢笑盈盈，相看无限情。”满面含笑，两人四目相对，深情无限。这个时候，目

光交流而无言语是最好的交流方式，如果说一些甜言蜜语反倒破坏了这个意境。词人仿佛是一位手段高超的摄影师，不过他手中的不是照相机，而是神来妙笔，准确地抓住了情人之间这最幸福、最妙不可言的一瞬间加以描绘，生动而又富有情趣，读者读来也会会心一笑，神来之笔当之无愧。

和《菩萨蛮》(花落月暗笼轻雾) 相比，这首词同样写男女幽会，但语句不涉狎昵，反倒自然、含蓄，静中有动，动静相谐，是李煜前期词作的代表作之一。

【词评】

◆这是描写在深院里和一个美貌的女子调情的情况。前段描写在一个深静的环境中是如何缠绵，如何沉醉。后段写“潜来”，写“惊觉”，写“笑”，写“相看”，精细刻画，生动活泼。通首都是真切生活的体现。(詹安泰《李璟李煜词》)

◆“脸慢笑盈盈，相看无限情”，“胆色暗相钩，秋波横欲流”，“奴为出来难，教君恣意怜”，所写也都缱绻缠绵，婉约多情。(唐圭璋《李后主评传》)

菩　萨　蛮

铜簧韵脆锵寒竹①，新声慢奏移纤玉②。眼色③暗相钩，秋波④横欲流。

雨云⑤深绣户，未便谐衷素⑥。宴罢又成空，梦迷⑦春雨中。

【注释】

①**铜簧**：吹奏乐器中的铜制簧片。亦代指这种管制乐器。**韵脆**：声音脆响清越。**锵**：清越洪亮的声音。**寒竹**：指笙、箫一类的竹制管乐器。

②**新声**：新创制的乐曲。**纤玉**：比喻美人的手。

③**眼色**：此处指传递情感的目光。

④**秋波**：形容美人的眼睛像秋水一般清澈明亮。

⑤**雨云**：云雨。指男女交欢。《文选·宋玉〈高唐赋〉序》："昔者楚襄王与宋玉游于云梦之台，望高唐之观，其上独有云气……王问玉曰：'此何气也？'玉对曰：'所谓朝云者也。'王曰：'何谓朝云？'玉曰：'昔者先王尝游高唐，怠而昼寝，梦见一妇人曰：妾巫山之女也，为高唐之客，闻君游高唐，愿荐枕席。王因幸之。去而辞曰：妾在巫山之阳，高丘之阻，旦为朝云，暮为行雨。朝朝暮暮，阳台之下。'"后因用"云雨"指男女欢会。唐方干《赠美人》诗之一："才会雨云须别去，语惭不及琵琶槽。"

⑥**谐衷素：**满足内心的欲望。谐，谐合。衷素，亦作“衷愫”，指内心真情。

⑦**梦迷：**美梦迷失。

【赏析】

这首词描绘的是这样一个场景：在宫廷宴会上，一位男子被一位演奏乐器的宫女深深吸引，但最终未尝所愿、怅然若失。

词的上阕描绘宴席上的情景。词人独辟蹊径，以描绘乐声作为切入点：乐声清脆锵然，声声撩拨着人的心弦。接下来，词人的目光转移到演奏乐曲的人身上，着眼点自然从乐器转到拨弄乐器的手指上，有指如纤玉，人美亦可知。接下来目光上移，演奏人秋水似的双眸好像会说话，她看着注视她的男子，毫不掩饰地以眉目传情。这里语言浅显直白、大胆露骨，却十分真实，生动地描绘了这位女子脉脉含情的神态。

再看下阕，这位男子显然动了心，他的三魂七魄似乎都被这位女子的撩人眼神勾走了，不知身在何处，乐声充耳不闻。他沉浸在自己的春梦中，幻想着和这位女子在“绣户”中春风一度，“雨云”一番。但是，很快，他又回到了现实当中。“未便谐衷素”，两人感情没有马上谐和一致，这也许是因为，这位男子认定，面对这位以音乐“做媒”的美人，自己应该先与其相互理解、互通情愫才是。再往下看，男子正在胡思乱想，宴会已经结束，美人离去，一切成空。他还沉浸在对刚才那一幕的无限追思中，那纤纤玉手，那撩人明眸，都足以让他陶醉，所谓“魂迷春梦中”。

全词写男女恋情，用词择字大胆，表露直白，有些语句未免露骨，却真实再现了当时的场景，堪称传神，且结局是好事成空，也不失高雅。李煜的爱情词擅长抓取一个片段，甚至是一个瞬间着力描写，往往以小见大，妙不可言，这首词便是如此。

【词评】

◆徐士俊云：后主词率意都妙，即如"衷素"二字，出他人口便村。（卓人月《古今词统》）

◆精切。（沈际飞《草堂诗余续集》）

◆后叠弱，可移赠妓。（同上）

◆《古今词话》云："词为继立周后作也。"幽情丽句，固为侧艳之词，赖次首末句以迷梦结之，尚未违贞则。（俞陛云《唐五代两宋词选释》）

◆这是在筵席上钟情和依恋一个奏乐的女子的自白。先写声乐和演奏的情况，次写情感相通，再次写谐和的未便，最后写魂牵梦萦。有人从"未便"的本子并据《古今词话》的说法，认为这是李煜曾经幽会过的女子（指小周后），"雨云"两句是宕开，是联想两人谐和的情况，以下才拍合写现场的生活。也通。（詹安泰《李璟李煜词》）

阮 郎 归[①]

东风吹水日衔山[②]，春来长是闲[③]。落花狼藉酒阑珊[④]，笙歌醉梦间。

佩声悄[⑤]，晚妆残，凭谁整翠鬟[⑥]？留连光景惜朱颜[⑦]，黄昏独倚阑。

【注释】

①**阮郎归：**词牌名，又作《醉桃源》《碧桃春》。此词传为南唐大臣冯延巳所作，见于冯延巳之《阳春集》；又传为北宋名臣欧阳修所作，见于《欧阳文忠公近体乐府》。但现在基本已确定此词为李煜所作，因多种南唐词抄本此词名下均有注："呈郑王十二弟"，篇末亦注："后有隶书东宫书府印"。据此，这首词应是李煜写给他的弟弟郑王李从善的。

②**东风：**春风。**吹水：**另本作"临水"。**日衔山：**夕阳西下将临山

恋时的情景。

③**长是闲:**总是闲。

④**狼藉:**亦作“狼籍”,纵横散乱貌。**阑珊:**残,将尽。

⑤**佩:**即玉佩,古代用玉制成的饰物,随身佩戴。**悄:**声音细微。

⑥**整翠鬟:**梳理头发。翠鬟,指女子的环形发式。唐高蟾《华清官》诗:“何事金舆不再游,翠鬟丹脸岂胜愁?”

⑦**留连光景:**珍惜美好的时光。留连,留恋不舍。**朱颜:**红润美好的容颜。此处亦指青春时光。

【赏析】

这首词是李煜中期的作品,表面上看是非常普通的闺怨题材,其实是通过这种手法表达他对他的“郑王十二弟”的思念。闺怨者,闺中之怨,这是诗词中一种长盛不衰的题材,通常是描写少女的青春寂寞心理,或者是少妇的离别相思之情。李煜这首词描绘了一位少妇思念远方的丈夫的情景。

先看上阕,描绘的是这位少妇的“狼藉”生活。“东风吹水日衔山”,作者从描写景物入手,接下来少妇抒发了她的无聊心情:春天总是觉得很无聊、闲得慌。这恐怕也是词人自己心情的写照,他的词里经常可见这个闲字。他的“闲”,不是闲情逸致、轻松自在的闲,而是无所事事、闲极无聊的闲。可想而知,身为一国之君,本应日理万机,他却常常闲极无聊,所以最终落得亡国下场也不奇怪了。不过他却丝毫不避讳说自己“闲”,也够坦诚。下面两句是这位少妇的生活速写:外出赏花,却见一地的残花败叶;酒席宴上直喝到杯盘狼藉、醉眼朦胧,耳边萦绕着笙声、歌声。这样歌舞升平的生活,说是醉生梦死一点也不为过,恐怕李煜每天过着的也是这样的生活。

下阕是这位少妇酒醒之后伤春自怜的情景：听不见环佩叮当作响，脸上还带着昨夜欢歌后的残妆，但是现在却无心梳洗打扮。在古代，环佩为男子专属物，所以，少妇无心梳妆、不饰仪容的原因就不言自明了。结尾两句语调平淡，进一步抒发了主人公寂寞的心境，一个“独”字，表露出她孤单、寂寥的境遇，又回应了上阕的“闲”字，“闲”是“独”的结果。

词人假托少妇思夫，表达了自己思念弟弟之情，语言朴素，毫无雕饰，感情真挚，感人至深。

【词评】

◆意绪亦似归宋后作。(沈际飞《草堂诗余正集》)

◆徐士俊云：后主归宋后，词常用“闲”字，总之闲不过耳，可怜。(卓人月《古今词统》)

◆李于鳞：上写其如醉如梦，下有黄昏独坐之寂寞。又云：似天台仙女，伫望归期，神思为阮郎飘荡。(唐圭璋《南唐二主词汇笺》引)

◆词为十二弟郑王作。开宝四年，命郑王从善入朝，太祖拘留之。后主疏请放归，不允。每凭高北望，泣下沾襟。此词春暮怀人，倚阑极目，黯然有鸰原之思。煜虽孱主，亦性情中人也。(俞陛云《唐五代两宋词选释》)

◆这是独居无欢的生活和心情的表白。前段写一任芳春虚度，无心欣赏，取乐。后段写幽独无偶，对景自怜。(詹安泰《李璟李煜词》)

浪淘沙[1]

往事只堪哀[2]，对景难排[3]。秋风庭院藓侵阶[4]。一行[5]珠帘闲不卷，终日谁来？

金琐[6]已沉埋，壮气蒿莱[7]。晚凉天净月华开。想得玉楼瑶殿[8]影，空照秦淮[9]。

【注释】

①**浪淘沙：**此词录自池州夏氏家藏，在《续选草堂诗余》中题作《感念》。

②**只堪哀：**只能让人悲伤。

③**难排：**难以排遣。

④**藓侵阶：**苔藓长满台阶。意为久无人迹来往，连阶上都长上了苔藓。

⑤**一行：**一列，一排。

⑥**金琐：**金锁甲。一种以金钱连缀、做工精细的锁子甲。詹安泰注："金琐，即金锁，原义是金质的锁钥，这里疑指金锁甲。"一说锁通"琐"，王逸《楚辞·离骚章句》："琐，门镂也，文如连琐。"金琐即指镂刻在宫门上的金色连琐花纹，用以指代南唐宫殿。

⑦**壮气：**豪迈、雄壮的气概。**蒿莱：**两种野草，概指野草、杂草。此处用唐陈子昂《感遇》诗"感时思报国，拔剑起

蒿莱”之意，指昔日宫殿杂草丛生，王气已没，喻南唐王朝的灭亡。

⑧**玉楼瑶殿**：指代南唐华丽的故宫。玉楼，华丽的楼房。瑶殿，玉殿。

⑨**秦淮**：长江流经南京市区的一条支流，乃南唐国都金陵胜地。《三国志·吴书》引《江表传》曰："弦谓权曰：'秣陵，楚武王所置，名为金陵。地势冈阜连石头，访问故老，云昔秦始皇东巡会稽经此县，望气者云金陵地形有王者都邑之气，故掘断连冈，改名秣陵。"人们据此认为秦淮河为秦始皇使人开凿。

【赏析】

这首词是李煜在东京汴梁被囚禁之时所写，抒发了亡国之痛。

上阕写词人想象故国旧所今日景象，开篇先抒怀：怀念往事，只能让我感到悲哀，难以排遣！“只”字加重了这种情绪的程度，表明他现在已经绝望，“哀莫大于心死”。接下来是眼前的场景描写，先是室外：萧瑟的秋风在庭院里盘旋，台阶上布满了青苔，满目凄凉景！随后目光顺着台阶到了门口，转向室内：门上挂着一挂珠帘，整天都那样垂挂着，也不卷起来。为什么不卷起来呢？词人给出了答案：谁来！由前面的“藓侵阶”其实也可以推测出来，台阶上全是青苔，绝望的神态表露无遗，令人不禁对其起怜悯之心。

上阕是白昼的场景，下阕时空转换，到了黑夜。辗转难眠的词人又怀念起金陵来，同为定都金陵，同为北国所灭，他不禁想起了三国末年的吴国。当时，北方的

晋国日益强大，为了抵抗晋军越江南侵，东吴末帝孙皓命人在江中钉下铁锥，又在上边装上铁索横于江面，想阻拦晋军的战船，不过最终还是逃不过国破家亡的命运。吴国灭亡，孙皓被俘，当了亡国之君。唐刘禹锡的《西塞山怀古》一诗，说的就是这一故事，其中有句为：“王濬楼船下益州，金陵王气黯然收。千寻铁索沉江底，一片降幡出石头。”在某种程度上说，李煜重蹈孙皓的覆辙，所以，他才会有这样的悲叹：“金锁已经沉到了江底，金陵的‘王气’都埋没到野草堆里去了！”

接着，词人的思绪又回到了眼前的现实。秋夜，云彩不知道被秋风带到哪里去了，朗朗夜空好像洗过一般，一轮明月照着大地，万物都披上了银色的光辉。词人的心绪此时又飞到了金陵：唉，想我以前的那些壮美、华丽的宫殿的月影，都孤零零地投在秦淮河上了吧！

全词虚实相生，且以虚写居多，将词人惆怅、绝望的心理表现得淋漓尽致，堪称李煜后期词作中的佳品。

【词评】

◆起五字凄婉，却来得突兀，故妙。凄恻之词而笔力精健，古今词人谁不低首。（陈廷焯《云韶集》）

◆藓阶帘静，凄寂等于长门，“金琐”二句有铁锁沉江，王气黯然之慨。回首秦淮，宜其凄咽。唐人《浪淘沙》，本七言断句，至后主始制二段，每段尚存七言诗二句，盖因旧曲名

而别创新声也。原注谓此词昔已散佚，乃自池州夏氏家藏传播者。（俞陛云《唐五代两宋词选释》）

◆此首念秣陵。上阕，白昼凄清状况，哀思弥切。起两句，总括全篇。“秋风”一句，补实上句难排之景。秋风袅袅，苔藓满阶，想见荒凉无人之情，与当年“春殿嫔娥鱼贯列”之盛较之，真有天渊之别。“一行”两句，极致孤独之哀。后主入汴以后之生活，于此可见。换头，自叹当年之意气都已销尽。“晚凉”一句，点月出。“想得”两句，因月生感，怅望无极。月影空照秦淮，画出失国后惨淡景象。（唐圭璋《唐宋词简释》）

◆这是李煜抒写入宋后怀念南唐的一种哀痛的心情。前后段都先以无比怨愤的声调冲击而出，然后通过具体的生活现象和内心活动来表达当时十分难堪的情况。前段写风景撩人，而珠帘不卷，无谁告语，是日间生活的难堪。后段写天清月白，想起秦淮河畔的楼殿，只有影儿投入河里，一切繁华旧事，都成空花，是夜间生活的难堪。日夜并举，用突出的形象，作高度的概括。（詹安泰《李璟李煜词》）

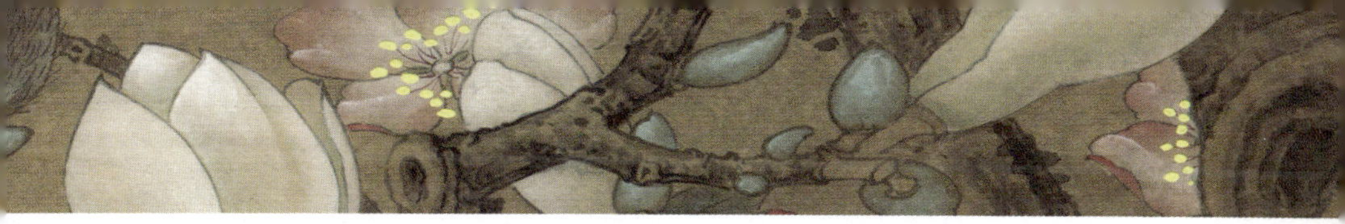

采　桑　子[1]

辘轳金井梧桐晚[2]，几树惊秋[3]。昼雨新愁，百尺虾须在玉钩[4]。

琼窗春断双蛾皱[5]，回首边头[6]。欲寄鳞游[7]，九曲寒波不溯流[8]。

【注释】

①**采桑子：**在《草堂诗余》《花间集补》中，词调名作《丑奴儿令》，《类编草堂诗余》《花草粹编》《啸余谱》中又题作《秋怨》。此词在《词林万选》卷四中记载由牛希济作。王仲闻认为有墨迹支持，当为李煜所作无疑。

②**辘鲈金井梧桐晚：**金井，井栏上有雕饰的井，这里指的是宫廷园林中的水井。梧桐叶落金井指秋深。

③**几树：**多少树，指梧桐。**惊秋：**树木被秋风惊动而落叶。指秋天蓦地来到，万物迅速衰败凋零。

④**虾须：**帘子下的流苏，这里指珠帘。“虾须在玉钩”指卷帘遥望，与下阕“回首边头”相应。

⑤**琼窗：**异常华美的窗子。琼，本意指美玉，比喻美好的事物。**春断：**春尽。**双蛾皱：**双眉紧蹙。双蛾常用来代指美女的眉毛。蛾即蛾眉。

⑥**边头：**遥远处。

⑦**鳞游**：游鱼，此处借指书信。《古乐府》："客从远方来，遗我双鲤鱼。呼童烹鲤鱼，中有尺素书。"后人因此以双鲤或者鱼信代指书信。此处鳞游即代指鲤鱼传书。

⑧**九曲**：迂回曲折。**溯流**：倒流。溯，逆流而上。

【赏析】

这是一首伤秋词，有人认为这是李煜亡国后囚居汴京所作，也有人认为"当是忆弟郑王北去而作"，两种说法都没有确证。

上阕为秋季之景物描写：秋风萧瑟的庭院当中，水井旁耸立着一棵梧桐树，在这晚秋时节，想必已是落叶满地。"惊"字为前三句的点睛之笔，词人用拟人化的手法描写梧桐树在秋风中的感觉。其实，这也是词人自己的感受：面对瑟瑟的秋风，不禁有些寒意。再往下看，寒意更增：白天下起雨来，又平添几分凄凉之意，所以，词中的主人公心里才会再生新愁。接下来，主人公的目光抬高，落在了窗户边上，长长的窗帘卷了起来，挂在玉钩之上。由此方知，这段景物描写是倒叙，"百尺虾须在玉钩"其实是开头，主人公听见了窗外飒飒的秋雨声，于是挑起帘子，看见窗外的秋景：辘轳、梧桐、金井，不禁触景生情，产生了一丝愁绪。

下阕主要为抒情，"琼窗"点明主人公的高贵身份，"春断"表明主人公愁绪的根源——和深爱的人不得相见。"双蛾皱"，是对主人公的神态描写，到这时我们方才确定，原来这是一位女子，此时正紧锁双眉。"回首边头"四字，言简意深，女主人公内心的无限怀念、期盼充分显露。再往下看，既然不得见面，那就写封书信倾诉衷肠吧！但是，情绪又急转直下：黄河九曲，河水滔滔，不可逆转！词人打了一个比方，形象地描绘出此时女主人公（也许就是词人本身）的悲伤、哀痛的心情，恐怕她的愁绪也像九曲黄河一样，在心里奔涌不止吧！

这首词以描写景物入手，一个个颇具生活气息的景象先后出现，组成了一幅饱含秋意、秋思的风景画。同时画中有人，景中含情，秋风秋雨，梧桐金井，处处饱含词人自己的无限愁绪，回味绵长。

【词评】

◆何关鱼雁山水，而词人一往寄情，煞甚相关，秦、李诸人，多用此诀。（沈际飞《草堂诗余正集》）

◆李于鳞云：上“愁绝不绝浑如雨”，下“情思欲诉寄与鳞”。观其愁情欲寄处，自是一字一泪。（唐圭璋《南唐二主词汇笺》引）

◆上阕宫树惊秋，卷帘凝望，寓情远之思。故下阕云回首边头，音书不到，当是忆弟郑王北去而作，与《阮郎归》调

同意。此词墨迹在王季宫判院家。《墨庄漫录》称后主书法，“遒劲可爱”，可称书词双美。此调《问谱》作《丑奴儿令》。（俞陛云《唐五代两宋词选释》）

◆这词是抒写秋愁无限，离情难寄。前段用一些具体景物勾画出秋愁，并实写客居独处，愁心紧闭，无从排遣的环境。后段承上意更进一步说断送了美好生活，已觉难挨，想把这心情写上书信，寄给远人，路途曲折遥远，更无从达到。（詹安泰《李璟李煜词》）

虞　美　人

风回小院庭芜[1]绿，柳眼春相续[2]。凭阑半日独无言，依旧竹声新月似当年[3]。

笙歌未散尊前[4]在，池面冰初解。烛明香暗画堂深，满鬓清霜残雪思难任[5]。

【注释】

①**庭芜：**庭院里的草。芜，野草。

②**柳眼：**早春刚萌发的柳叶如人睡眼初展，故称。

③**竹声、新月：**两者皆表现词人的伤感之情，此刻只有竹子被吹

动的声音和新月是与当年相似的。

④**尊前**:酒樽之前。指酒筵上。另本作“尊罍”,也作“金罍”。

⑤**清霜残雪**:花白的头发。**难任**:难以承受,难堪。

【赏析】

这首词是李煜亡国入宋后的作品,依旧抒发他对囚禁生活的绝望、对昔日快乐生活的追忆。

上阕描绘初春景色。春风也光顾了他的小院(指李煜被囚禁的地方),地面的草绿了,紧接着柳树上也发出了新芽。小院虽小,但是也涌动着融融春意,生机勃勃。但是,这座小院的“主人”却感受不到这种勃勃生机,他独自一人,凭栏半日,默默无言。一个“独”字,点出他孤寂的处境,从黑夜到白天,从严冬到酷暑,都是他一个人,不“无言”也不行啊!也不能责怪词人悲观,他是一个亡国之君,一个阶下之囚,只有“不堪回首”的过去,没有未来!下句,词人面对眼前春景,又想起了当年:这动听乐声、这一弯新月一如当年的景象啊!

下阕,词人描绘记忆中的昔日情景:池塘中的冰刚刚融化的时候,宫中已经大摆筵宴庆祝春天的到来了,因为“寻春须是先春早”(李煜词《子夜歌》)嘛!再往下,酒酣人醉、夜半更深,在灯火通明的画堂深处,又是一番什么情景呢?词人没有明说,也许在他的心中,这便是他最为怀

念的时刻吧！但是，词人的笔一下又把读者的心绪拉回到了冰冷的现实面前：现在的词人已是两鬓染霜的囚徒，往日的那些春光乐事他已无法承担！以清霜残雪比喻头上的白发，极为贴切、传神，感情色彩亦和全词基调契合。

总的来说，这首词写早春感怀，虽然以写景为主，但因作者内心感情非常丰富，于物华常新中，慨人生已老，抚今追昔，悲从中来，是一篇情景交融的佳作。

【词评】

◆五代词句多高浑，而次句“柳眼春相续”及上首《采桑子》之“九曲寒波不溯流”琢句工炼，略似南宋慢体。此词上、下段结句，情文悱恻，凄韵欲流。如方干诗之佳句，乘风欲去也。（俞陛云《唐五代两宋词选释》）

◆后主之作多不耐描写外物，此却以景为主，写景中情，故取说之。虽曰写景，仍不肯多用气力，其归结终在于情怀，环诵数过殆可明了。实写景物全篇只首二句。李义山诗“花须柳眼各无赖”，“柳眼”佳，“春相续”更佳，似春光在眼，无尽连绵。于是凭阑凝睇，惘惘低头，片念俄生，即所谓“竹声新月似当年”也。以下立即堕入忆想之中，玩“柳眼春相续”一语，似当前春景，艳浓浓矣，而忆念所及偏在春先，姿态从平凡自然之间，逗露出狡狯变幻来，截搭却令人不觉。其脉络在“竹声新月”上，盖竹声新月，固无关于春光之浅深者也，拈出一不变之景，轻轻搭过，有藕断丝牵之妙。眼前春物昌昌，只风回小院而已，青芜绿柳而已，其他不得着片语。若当年，虽坚冰始泮，春意未融，然已尊罍也，笙歌也，香烛也，画堂也，何其浓至耶。春浅如此，何待春深，春深其可忆耶。虚实之景，眼下心前互相映照，情在其中矣。结句萧飒憔悴之极，毫无姿态，如银瓶落井，直下不回。古人真词，结语每拙，况惠风标举“重拙大”三字，鄙意唯拙难耳。（俞平伯《读词偶得》）

◆此首忆旧词，起点春景，次入人事。风回柳绿，又是一年景色，自后主视之，能毋增慨。凭阑脉脉之中，寄恨深矣。“依旧”一句，猛忆当年今日。景物依稀，而人事则不堪回首。下阕承上，申述当年笙歌饮宴之乐。“满鬓”句，勒转今情，振起全篇。自摹白发穷愁之态，尤令人悲痛。（唐圭璋《唐宋词简释》）

玉 楼 春①

晚妆初了明肌雪②，春殿嫔娥鱼贯列③。笙箫吹断水云间④，重按霓裳歌遍彻⑤。

临春谁更飘香屑⑥，醉拍阑干情味切。归时休照烛花⑦红，待放马蹄⑧清夜月。

【注释】

①**玉楼春**:《全唐诗》中调名为“木兰花”。此首别作曹勋词，见《松隐文集》卷三十九。王仲闻指出《松隐文集》多有将他人诗文误入，此词当为李煜所作。

②**初了**:刚刚结束。**明肌雪**:肌肤洁白明亮如雪。

③**春殿**:宫殿。**嫔娥**:宫中的姬妾和宫女。**鱼贯列**:一个接一个地依序排列。鱼贯，像游鱼先后接续一样。

④**笙箫**:笙和箫。泛指管乐器。**吹断**:吹彻，吹尽。**水云间**:指(乐声飘扬)在云水之间。

⑤**重按**：重奏，一遍遍地演奏。**霓裳**：《霓裳羽衣曲》的简称。**遍**：即大遍，又称大曲，唐宋时期的音乐术语，一整套曲子称为“大遍”。**彻**：也是音乐术语。歌遍彻意思是唱完了大遍中的最后一曲。

⑥**临春**：另本作“临风”。**香屑**：花瓣、花的碎片。一说指香粉，意为长。

⑦**烛花**：蜡烛的火焰。

⑧**待放马蹄**：就要骑着马(归去)。放，另本作“踏”。

【赏析】

这首词是李煜早期的作品，描写宫廷生活，言词间富贵尽显，故推此词应作于南唐全盛时期。

上阕主要描绘一次宫廷夜宴的盛大场景。词人从美人的容貌入手：画完了晚妆的美人娇艳无比，皮肤好像雪一样洁白明亮。词人并没有用太多的词汇来描摹，只是用了一个比喻，就让她的美艳呈现在读者面前。这人可以理解为后边的“嫔娥”，同时也不妨认定就是李煜的爱妃——大周后。大周后不仅花容月貌，而且还和李煜一样，十分喜欢歌舞并有一定的造诣。所以，宫廷中这种歌舞，她若亲自上场，必定是班头和主角。

如果首句中的美人便是大周后，那么下句中的“嫔娥”就是拱卫在一轮明月周围的璀璨群星了。她们如群鱼贯列，很好地衬托了绿叶丛中的红花——大周后。下边两句描绘的是歌舞的盛景：大殿上奏起了悦耳、清越的曲声，又有宫女翩翩起舞。待到尾声，大殿上的所有人都已经沉浸在美妙的乐声营造出的“仙境”中不能自拔。显然，词人也在其中，他也陶醉了。

下阕写曲终人散之事。“临风”一句接上阕，陶醉的君王忽然闻到风中飘来一阵香气，便问道：“谁更飘香屑？”其实，

这些都是他想出来的逸乐之法。李煜爱玩而且会玩，这“飘香屑”便是他想出来的一种“玩法”：他安排了专门的宫女，时不时地向空中抛洒百合香的碎屑，这样宫中四处便飘散着一股淡淡的香味。此时的君王可谓十分惬意，都“醉”了，此“醉”非“酒醉”之“醉”，而是陶醉之“醉”。下一句便是他的“醉”态描写：情不自禁地用手拍打着栏杆，陶醉得都有些忘形了。不过，这位君王倒是很有情调，他吩咐手下人：一会儿回去的路上不要点灯，我们就在这清清的月光下，听着“嘚嘚”的马蹄声回去吧！这样的悠闲与惬意，只有全盛时期的南唐才能出现。

这首词既有浓墨重彩的铺陈，也有淡笔勾勒的描写，情调雅致、清新脱俗，足见词人功力。

【词评】

◆“归时休放烛花红，待踏(放)马蹄清夜月。”致语也。“问君能有几多愁，恰似一江春水向东流。”情语也。后主直是词手。(王世贞《弇州山人词评》)

◆此驾幸之词，不同于宫人自叙。“莫教踏碎琼瑶”“待踏(放)清夜月”，总是爱月，可谓生瑜生亮。(沈际飞《草堂诗余正集》)

◆此在南唐全盛时所作，按《霓羽》之清歌，爇沉香之甲煎，归时复踏月清游，洵风雅自喜者。唐元宗后，李主亦无愁天子也。此词极富贵，而《浪淘沙令》“流水落花春去也，天上人间”，又极凄惋，则富贵亦一场春梦耳。《霓裳曲》天宝后散失，南唐昭惠后善歌舞，得其残谱，审定缺坠，以琵琶奏之，遗曲复传。故上段结句云：“重按《霓裳》。”洪刍《香谱》谓后主自制“帐中香”，“以丁香、沉香及檀麝等各一两，甲香三两，皆细研成屑，取鹅梨汁蒸于焚之”。故下段首句云风飘香屑，殆即“帐中香”也。“清夜月”结句极清超之致。（俞陛云《唐五代两宋词选释》）

子　夜　歌[1]

寻春须是先春早，看花莫待花枝老。缥色玉柔[2]擎，醅浮[3]盏面清。

何妨频笑粲，禁苑春归晚。同醉与闲平，诗随羯鼓成。

【注释】

①**子夜歌**：此词牌又名为《菩萨蛮》，李煜的词中，这两个词牌名并用。本首词保存不全，有较多缺字。“盏面”后缺一字，现在的“清”字为《历代诗余》所补；“何妨”一句原只有“频笑粲”三字，“何妨”二字为王国维所补。“同醉”句似有错字。

②**缥色**：原意是青白色、淡青色，这里用来指代淡青色的瓷酒壶。**玉柔**：洁白似玉，温软柔嫩。常用于描绘女人的手。这里指代手。

③**醅浮**：未过滤的酒，这里泛指酒。浮，酒中的泡沫渣滓，呈青绿色，又称浮蚁、绿蚁。

【赏析】

这首词写惜春并抒发对一女子的爱慕之情，应是李煜降宋前的作品。

上阕写惜春，前两句运用对仗句直抒词人胸臆，唐人有诗“有花堪折直须折，莫待无花空折枝”，李煜取其意为全词定下基调，同时也注定了全词思想性不高的结果。既然春天已经来了，就要尽情享受，赏花也不要错过了花期，这也反映了李煜及时行乐的性格。接着，词人开始描绘行乐的场景。先是饮酒，有美人呈上美酒，“玉柔”代美人之手，由此也可想象出美人姿色；“擎”为高举之意，准确描摹出美人的动作，虽然着眼于呈酒的美人，但是一旁悠然自得、饶有情调的君王李煜之态也可以想象。

下阕开始是赏花，正值春暖花开之时，赏玩院中的繁花似锦、万紫千红，也是人生一大乐事。那些花朵恰似美人的笑脸，或颦或笑，风情万种。赏花、赏美人不可分，李白《清平调》：“名花倾国两相欢，常得君王带笑看。”在李煜眼中，院中的鲜花和服侍他的美人一样，都是他纵情享乐生活中的一部分。

最后两句描绘的是吟诗。这样一位才气逼人的君王享受生活时怎能不吟诗？大家一起饮酒至醉，随意闲谈。君王则在展示他的才情：一通羯鼓响过，他的诗作已成。作为一位文人，有这样的文采自然要称道；不过作为一位统治帝国的君王，却以追求“诗随羯鼓成”为豪，读来也有一种讽刺的意味。

李煜还有一首题为《子夜歌》的词，开头句为“人生愁恨何能免”，更为著名，不过那首词作于李煜已经成为阶下囚之后，彼时的心境和此词中的宫廷生活形成鲜明对比，读来不禁令人感叹人生无常。

【词评】

◆这是写春天里在禁苑中过着饮酒赋诗的闲适生活。开首由人生应该及时行乐说起，次说女人劝酒，次说欣赏禁苑的春色，最后说赋诗。通篇都写得比较自然平淡，和主题相适应。（詹安泰《李璟李煜词》）

谢　新　恩[1]

秦楼不见吹箫女[2]，空余上苑[3]风光。粉英金蕊自低昂[4]。东风恼我，才发一衿香[5]。

琼窗梦笛[6]残日，当年得恨[7]何长。碧阑干外映垂杨。暂时相见，如梦懒思量。

【注释】

①**谢新恩：**词牌名，即临江仙。李煜有《谢新恩》词六首，出自孟郡王家墨迹，但是纸幅断烂，已经有不少错字、缺字的地方。历代文人整理出四首，另有一首《谢新恩》(冉冉秋光留不住)既不分段，平仄又不合临江仙调，也不合其他词调。

②**秦楼不见吹箫女：**相传秦穆公之女弄玉好乐，有萧史善吹箫作凤鸣，秦穆公以女妻之，为之作凤楼。二人吹箫，凤凰来集，后乘凤飞升而去。事见汉刘向《列仙传》，后人以“凤去楼空”作为思怀故人的代名词。秦楼，即秦穆公为其女弄玉所建之楼。亦名凤楼。

③**上苑：**皇家园林，供皇帝游猎赏玩的场所。

④**粉英金蕊：**粉色花瓣和金黄色花蕊，泛指花朵。**自低昂：**各自高高低低的状态。

⑤**一衿香：**衿，同“襟”。一衿香是描绘香的程度，仿若留在衣襟上的一点点余香，味很淡。

⑥**琼窗：**精美华丽的窗子。琼，美玉。此处当精美讲。**笛**：另本作“箇”或“□(原缺一字)留”。

⑦**得恨：**抱恨，遗憾。

【赏析】

这首词是李煜早期的作品，据说是他悼亡大周后之作。李煜十八岁和大周后结婚，恩爱十年，留下一段佳话。但是红颜薄命，大周后在965年香消玉殒。李煜痛不欲生，写下了很多饱含深情的作品，这首词便是其中之一。

上阕中，词人抒发痛失爱妻的悲伤，他将自己和大周后比作萧史和弄玉。那是一段千古传唱的佳话，他们在凤楼上鸾凤和鸣。但是，现在“秦楼不见吹箫女”，只剩下男主人公一人形单影只，悲痛之情不言自明。再往下来，上苑风光无限，本是宫廷享乐的不二场所。但是，现在词人却没有心情去欣赏，只因为享乐生活的中心人物去了——没有了她，再好的景致也会黯然失色。下面则具体描绘词人的这种心理状态：上苑中，万紫千红的花朵争奇斗艳，但是却无法勾起词人的兴致。他只能想到，人间的人来人往岂不是和这花谢花开一样，都是无情的自然规律，不能抗拒。东风更是无端恼我，只留给我“一衿”的香气。“才发”二字也隐含深意，表面上是埋怨东风来迟、百

花早已盛开，其实还隐藏着这样一层意思：最爱的人没有长相伴，早早便逝。词人借景抒情，将眼前的情景和此时的心境融为一体。

下阕，词人追忆往事，又是一阵愁苦、怅恨。“琼窗梦笛残日，当年得恨何长”，“笛”前或缺一字，不过从“琼窗”“残日”可以看出和上阕一样，眼前景致无限好，只是心境悲凉。一个“恨”字，点出全词的感情基调，词人在“恨”什么？恨自己和爱妻阴阳相隔，还是恨自己的多情无义？大周后病重，自己却和她的妹妹小周后终日厮混。词人的恨，正像白居易的《长恨歌》里写的那样：“天长地久有时尽，此恨绵绵无绝期。”接下来，词人笔调忽地一转，有一幅春景出现：春风拂动下的杨柳摇曳多姿，和绿色的栏杆浑然成景，生机盎然。但是，词人的心情还是十分低落，即便相见，也是在梦中，就不为这短暂而又虚幻的喜悦多费心思了。最后一句显露了他万念俱灰的心态，连“思量”都懒得思量了。

【词评】

◆这是思念一个女人的小词。一开首就很明白地指出：风光依旧，所欢不见。前段写眼前景物，而用“自低昂”“恼我”等，就渗透着自己的观点和感受在里面。后段写怀旧心情，而联系着“碧栏干外映垂杨”这一境界，仍和眼前景物相一致。煞尾说到“如梦懒思量”，就见出相思结果还只是相思，这味道已怕再尝下去了，真有说不尽的苦处！（詹安泰《李璟李煜词》）

谢　新　恩[1]

樱花[2]落尽阶前月，象床愁倚薰笼[3]。远似去年今日恨还同。

双鬟不整云憔悴[4]，泪沾红抹胸[5]。何处相思苦，纱窗[6]醉梦中。

【注释】

①此首缺字、缺句情况较严重，上下阕各缺一个七字句。

②**樱花：**落叶乔木。春日开花，色红白，甚美，花后结实如小球。

③**象床：**以象牙装饰的床。**薰笼：**有笼子覆盖的熏炉。可用以烘烤或熏香衣物。又写作"熏笼。"

④**双鬟：**古代年轻女子的两个环形发髻。**云憔悴：**头发凌乱，暗无光泽。憔悴一般指人的容颜，联系上义，云指头发，憔悴当为形容头发失去光泽而显得没有生气。

⑤**抹胸：**古代的一种内衣。有前片无后片，上可覆乳，下可遮肚，多为妇女所穿。徐珂《清稗类钞·服饰·抹胸》："抹胸，胸间小衣也，一名袜腹，又名袜肚。以方尺之布为之，紧束前

胸，以防风之内侵者。俗谓之兜肚，男女皆有之。”《太真外传》：“金诃子，抹胸也。”

⑥**纱窗**：蒙纱的窗子。唐李白《宫中行乐词》其五：“绣户香风暖，纱窗曙色新。”

【赏析】

这是一首闺怨词，抒写女主人公难以排解的相思之苦，是李煜中早期的作品。

上阕开端描绘了一幅清冷孤寂的画面：初夜时分，月光已经移到了阶前。春光已去，盛开的樱花现在已是落红满地了。面对此情此景的女主人公是怎样的心境呢——我的青春就像这落下的樱花、逝去的春光一样，已经一去不复返。再转向室内，也许是夜半风凉，女主人公回到屋里，坐在装饰华美的象牙床上，倚着熏笼，“愁”字是她此时心理状态的最佳写照。下一句长达九字，千回百转，勾勒出她的愁苦心境。其实，今年之恨和去年之恨还是不一样的，去年今日还是新愁，今年今日已是旧愁新恨一起涌上心头，恨更深，愁也更切。

下阕重点描绘这位闺中思妇的形象，只见她容颜不整，抹胸还为泪水打湿。所谓“女为悦己者容”，可现在“悦己者”身在远方，所以女主人公自然也就懒怠梳妆，“云憔悴”。从她还梳着“双鬟”的发型推测，她还很年轻，却已饱受思怨之苦，着实可怜。最后两句：何处的相思最苦？还要属梦中！户外景致，花落春去；室内旧物，睹物思人，这些都会勾起无限的相思。但是，这都比不上梦醒那一刻，现实中万般思念在梦中都可以实现，但是在梦醒那一刹那戛然而止。梦境终究是虚幻的，却带来了最苦的相思！

这首词虽然残破，但是内容叙述完整，借景抒情，描摹感情真挚，也不失为一则佳品。

【词评】

◆这是描写一个女人思念男人的情况。首先描绘了一幅最能引动怀念远人的画面：樱花满地，春光转眼就过去了，明月当空，又照着空房独守的人。在这样的环境中，想起自己的年华易逝，想起两人的愉快生活，就会触景伤情，不能不缩到房子里去“愁倚薰笼”了。“去年今日恨还同”，更说明了像这样的情况已不止一年，进一步加深加长了恨的表现。“女为悦己者容”，所爱的人既然不见，怎么不首如飞蓬，泪沾抹胸呢？这形象很生动也很真实。末两句以相思的苦况作结。（詹安泰《李璟李煜词》）

谢新恩

庭空客散人归后，画堂半掩珠[1]帘。林风淅淅夜厌厌[2]。小楼新月，回首自纤纤[3]。（下缺）

春光镇在[4]人空老，新愁往恨何穷！（下缺）[5]一声羌笛，惊起醉怡容[6]。

【注释】

①**珠：**《全唐诗》中作“朱”。

②**淅淅：**风的声音。象声词。**厌厌：**安静。

③**纤纤：**细微。《荀子·大略》：“祸之所由生也，生自纤纤也。”引申为细长，这里形容新月。

④**镇在：**常在，长驻。镇，长久、常。

⑤《花草粹编》《历代诗余》《全唐诗》《词谱》中未注“下缺”，下有“金窗力困起还慵”句。

⑥**醉怡容：**酒醉后快活的表情。

【赏析】

这首小词主旨是惜时伤老。虽字句残损，仍清新有致。此词调名在《花草粹编》《历代诗余》《全唐诗》等本中均作《临江仙》。王国维《二主词校勘记》中云："此亦临江仙调。"《词谱》在《临江仙》调名下注曰："李煜词名《谢新恩》。"又于所录张泌词后注曰："又李煜词，后段起句'春光镇在人空老'，柳永词本之，皆与此词平仄全异。至平仄小异者，李煜词前后段第二句'蝶翻轻粉双飞'，'望残烟草低迷'，'蝶''望'俱仄声，'轻''烟'俱平声。"由此，有观点认为这首词自"春光"句以下应为另外一首。又《全唐诗》亦云："李后主《临江仙》前后两调，各逸其半。"所以这首词大概是在收集整理时由两个半首词合成的，也可以视为两首。

词的上阕（即前一首词），描写客散人去后庭院的空寂和夜月的冷清，抒发落寞的心情。从词意上看，这里应该写的算是秋景，主人公应是一个寂寞满怀的人。每一种景物、每一个场面都蕴含了一种无法言表的落寞，尤其"厌厌"和"纤纤"等词，更是烘托出了作者无以自遣的怅愁之情。从词的写法上看，以空起，以静收；虚者多，实者少。情绪气氛浓，直言胸臆淡，有空灵剔透之特色。

词的下阕（即后一首词）直接抒情，写主人公春晨困起后感愁伤恨的心情。春光依旧明媚，人却已空然老去，眼前美景并不能吸引作者，给作者以愉悦，新愁旧恨总是郁结于心头，只想醉卧不起，但却偏被羌笛惊醒，于是情绪愈发低沉，心情更加郁闷。从词意和写法上看，这首词和前一首不是写于同一时间，因为描写的是春、秋不同景色。但两首词的思想情绪却不乏相同之处。从大的时期看，可能是李煜中期的作品（尤其是后一首）。虽然两首词都不完整，但我们仍可以从中对李煜的艺术功力有约略的认识。

谢 新 恩

樱花落尽春将困①，秋千架下归时。漏暗②斜月迟迟。花在枝。（以下缺 12 字）彻晓③纱窗下，待来君不知。

【注释】

①**樱花**：另本作“樱桃”。**春将困**：春天将尽。困，穷尽。

②**漏暗**：滴漏声暗。暗，此处形容声音细微。

③**彻晓**：彻旦。通宵达旦。

【赏析】

这首词残破太甚，不能卒读。前人已指出，上阕“樱花”“漏暗”疑讹。下阕缺 12 字。结语 10 字平平，似描写情人幽会。

谢　新　恩

冉冉①秋光留不住，满阶红叶②暮。又是过重阳，台榭登临处，茱萸③香坠。

紫菊气飘庭户④，晚烟笼细雨。嗈嗈新雁咽寒声⑤，愁恨年年长相似。

【注释】

①**冉冉**：形容时光渐渐流逝。

②**红叶**：指枫、黄檀等树，经秋叶子变红，统称红叶。

③**茱萸**：一种香气辛烈的植物，可入药。我国古代有在农历九月初九重阳节时佩戴茱萸祛邪辟恶的风俗。

④**庭户**：泛指庭院。

⑤**嗈嗈**：鸟类和鸣声。**咽**：声音滞涩，多用于形容悲切。**寒声**：凄凉的声音。

【赏析】

刘继增《南唐二主词笺》曰："此阕既不分段，亦不类本调，而他调亦无有似此填者。"《词谱》所载《谢新恩》的词调虽不止一种，但罕见像这首这样用仄韵的，故历来对这首词的分段与断句异说颇多。这首词主旨是抒写

秋恨。重阳登高，亲友相聚，佩茱赏菊，本是诗词中常吟诵的乐事。然而李煜写重阳，劈头便是“秋光留不住”的伤感。这种情绪当然是其处境、心境使然，与节日气氛不相谐和。前四句写登高，作者的视线却不在登高望远处，反而注目脚下眼前满阶的红叶。“红叶暮”包含着多层意象。“红叶”是零落的象征，而“暮”既可指一日之黄昏，也是树叶一生之末，同时也就暗寓了人的生命。登高而少望远，反倒生出红叶之悲，可见作者满怀忧伤，无心过节。

接下来五句，连续以“茱萸”“菊气”“晚烟”“细雨”“新雁”“寒声”来构造图景，渲染气氛，使人弄不明白，到底是作者内心的忧伤影响了重阳的景象？还是重阳的景象勾起了作者心底的忧伤？这就正如刘勰《文心雕龙·物色》所指出的：“物色相召，人谁得安？”结句“愁恨年年长相似”点醒主旨，收束景物描写，见出悲哀感怀之深。

谢　新　恩

金窗①力困起还慵。（余缺）

【注释】

①**金窗**：华美的窗子。王国维校勘记云：“‘金窗力困起还慵’七字，据《全唐诗》《历代诗余》，当在第三十四阕‘新愁往恨何穷’句之下，误脱于此。”

破　阵　子

四十年[1]来家国，三千里[2]地山河。凤阁龙楼[3]连霄汉，玉树琼枝作烟萝[4]。几曾识干戈[5]？

一旦归为臣虏[6]，沈腰潘鬓[7]消磨。最是仓皇辞庙日[8]，教坊[9]犹奏离别歌。垂泪对宫娥[10]。

【注释】

①**四十年：**南唐自 937 年李昪代吴称帝至 975 年亡国，历先主、中主、后主三朝，首尾三十九年。此处举其成数近四十年。

②**三千里：**马令《南唐书》："（南唐）共三十五州之地，号为大国。"此"三千里"言疆域之广，是约数。南唐当时疆域包括今江苏、安徽、江西、福建一带。

③**凤阁龙楼：**泛指皇宫内的楼阁。凤阁，另本作"凤阙"。

④**玉树琼枝：**形容树木名贵美好。玉树，传说中的仙树。**烟萝：**草木茂密如烟笼雾罩，谓之"烟萝"。

⑤**几曾：**何曾。**干戈：**两种古代兵器，比喻战争。

⑥**臣虏：**俘虏，被俘称臣。975 年十一月二十七日夜，宋军攻破南唐首都金陵，三十九岁的李煜"肉袒"投降，当了俘虏。

⑦**沈腰：**指身体消瘦。《梁书·沈约传》载沈约与徐勉言己老病曰："百日数旬，革带常应移孔，以手握臂，率计月小半分。以此推算，岂能支久？"后因以"沈腰"作为人身体消瘦的代称。**潘鬓：**指两鬓斑

白。晋潘岳《秋兴赋》序："余春秋三十有二，始见二毛。"后因以"潘鬓"谓中年早衰，鬓发初白。

⑧**仓皇：**也写作"仓遑""仓徨""仓黄"，匆忙、慌张状。**辞庙：**古代帝王把自己的祖先供奉在庙里，辞庙是表示辞别了祖先，即是离开了祖先创建的国家。夏承焘《南唐二主年谱》注释，开宝八年(975)十一月二十七日，李煜"欲尽宝自焚，不果，乃帅司空知左右内史事殷崇义等肉袒出降"。"最是"句所指即此。

⑨**教坊：**我国古代掌管宫廷音乐的机构。武德年间，唐高祖置内教坊于禁中，属太常寺。武则天改为"云韶府"。神龙年间(705—707)，中宗李显恢复旧称。玄宗开元二年(714)，又置内教坊于蓬莱宫侧，京都置左右教坊，掌俳优杂技，教习俗乐，以宦官为教坊使，从此不再属太常寺。自此，教坊专管雅乐以外的音乐、舞蹈、百戏的教习、排练、演出等事务。宋、金、元各代亦置教坊，明置教坊司，司礼部，至清废。

⑩**宫娥：**宫中的妃嫔与侍女。李后主宫娥的名字，现可考见的有黄保仪、流珠、乔氏、庄奴、薛九、宜爱、意可、窅娘、秋水、小花蕊等(见夏承焘《南唐二主年谱》)。

【赏析】

这首词是李煜亡国沦为臣虏后回首往事之作。

上阕概括往昔，气势浑厚，语言悲壮，在李煜以前的词中鲜少见到这种气势。或许正应了一句俗话：失去了才知道珍惜。

李煜生在帝王之家，往日享尽了荣华富贵，不懂得祖先创业的艰难、大好河山的壮美，每日只会纵情享乐。到此时，“三千里地山河”拱手送给了敌人，“四十年”基业就此画上了句号，他才知道了这一切的珍贵，从而发出了这样的悲慨。下两句描写具体化，词人的目光集中在了即将告别的皇家庭院：雕龙饰凤的亭台楼阁，宛如仙境的嘉树美卉，这一切，都要说再见了！接下来，词人不禁发出一声感叹：它们什么时候见识过战争啊？其实，与其说“凤阁龙楼”“玉树琼枝”没有见识过战争，还不如说就是词人自己没见识过战争，他的这句感叹听来实在天真可笑：“在其位则谋其政”，但是身居天子位的李煜却不关心国家大事，每日只知道寻欢作乐，到头来却抱怨“几曾识干戈”！不过，他这种坦诚的态度，倒会让读者觉得他又可气、又可怜。

下阕描绘的是离别之日的具体情景，“一旦”点出当日急迫的窘境。这是自然，已经当了阶下囚，自然要任人摆布！据说，李煜写这首词之时，才当了不到一年的俘虏（他总共做了两年零八个月左右的俘虏）。但就在这么短的时间内，他的容颜却发生如此巨大的变化：双鬓白了，腰围减了，读来着实令人心酸。最后三句，李煜又追忆了令他最为痛苦的一个场景：

离开金陵那天，他仓皇地去祖庙辞别，这时教坊还在演奏着离曲，他心里此时怕也是悔恨交加，所以才会“垂泪对宫娥”吧！

这首词语言浅显，好似白话，但是情真意切，词人凄惨、悲痛的心情充分展现，虽然没有直言悔恨，但是言外之意十分明白。

【词评】

◆东坡书李后主去国之词云：“最是仓皇辞庙日，教坊犹奏别离歌。垂泪对宫娥。”以为后主失国，当恸哭于庙门之外，谢其民而后行，乃对宫娥听乐，形于词句。予观梁武帝启侯景之祸，涂炭江左，以致覆亡。乃曰：“自我得之，自我失之，亦复何恨？”其不知罪己，亦甚矣。窦婴救灌夫，其夫人谏止之。婴曰：“侯自我得之，自我捐之，无所恨。”梁武帝用此言而非也。（洪迈《容斋随笔》）

◆项羽夜闻汉军四面皆楚歌，泣数行下。歌曰：“力拔山兮气盖世，时不利兮骓不逝。骓不逝兮可奈何，虞兮虞兮奈若何。”又《东坡志林》载李后主去国之词云：“四十年来家国（略）。”东坡谓后主当恸哭于九庙之下，谢其民而后行。顾乃挥泪对宫娥。其词凄怆，同出一揆。然羽为差胜。其悲歌慷慨，犹有喑呜叱咤之气，后主浑是养成儿女之态耳。如梁武帝稔侯景之祸，毒流江左。乃曰：“自我得之，自我失之，亦复何恨。”此说虽

与二者不同，如穷儿呼卢，骤胜骤负，无所爱惜。特付之一拼耳。呜呼！安得此亡国之言哉。(萧参《希通录》“论亡国之主”)

◆此首后主北上后追赋之词。上阕，极写当年江南之豪华，气魄沉雄，实开宋人豪放一派。换头，骤转被虏后之凄凉与被虏后之憔悴。今昔对照，警动异常。“最是”三句，忽忆当年临别时最惨痛之事。当年江南陷落之际，后主哭庙，宫娥哭主，哀乐声、悲歌声、哭声合成一片，直干云霄。宁复知人间何世耶！后主于此事，印象最深，故归汴以后，一念及之，辄为肠断。论者谓此词凄怆，与项羽拔山之歌，同出一揆。后主聪明仁恕，不独笃于父子昆弟夫妇之情，即臣民宫娥，亦无不一体爱护。故江南人闻后主死，皆巷哭失声，设斋祭奠。而宫娥之入掖庭者，又手写佛经，为后主资冥福。亦可见后主感人之深矣。(唐圭璋《唐宋词简释》)

浪淘沙令

帘外雨潺潺[1]，春意将阑[2]。罗衾[3]不耐五更寒。梦里不知身是客，一饷[4]贪欢。

独自莫[5]凭阑，无限江山[6]。别时容易见时难[7]。流水落花[8]春去也，天上人间[9]。

【注释】

①**潺潺**：水声，此处指雨声。

②**将阑**：渐渐衰减、褪去。

③**罗衾**：丝制的被子。

④**一饷**：片刻。蒋礼鸿《通释》："一饷，就是吃一餐饭的时间。"

⑤**莫**：有两解，一读去声，解为黄昏；一读入声，解为勿。

⑥**无限江山**：指故国南唐的广大疆土。"江"另本作"关"。

⑦**"别时"句**：离别故国之后，想再见就难了。

⑧**流水落花**：流水带走落花，一去不返，用以表达惆怅失落之情。

⑨**天上人间**：天上与人间，悬殊巨大。此处是形容先后境遇（生活）的巨大落差。

【赏析】

《西清诗话》：“南唐李后主归朝后，每怀江国，且念嫔妾散落，郁郁不自聊，尝作长短句‘帘外雨潺潺’云云。含思凄婉，未几下世。”全词以现实的囚徒生活和片刻欢娱的梦境作对比，于宛转凄苦、低沉悲怆的基调中，道出了这个亡国之君的故国之思。这首词，相传作于李煜人生的最后岁月。

上阕用逆笔写梦境。起首两句写梦醒状景。词人夜半梦醒时分，先从窗外的潺潺雨声着笔。梦醒后听窗外雨声，平添一丝凄切感，下句更明显：春将去，伤春情感顿生。春夜还有几分寒意，又下着雨，薄薄的绸被根本抵挡不住寒意。这是词人从梦中醒来的原因吗？恐怕词人从梦中归来，架不住现实的凄凉吧！一个“寒”字，表面上是写天气，其实也是词人心理的真实写照。接下来要描绘梦中情景了吗？词人没有明写到底梦到了什么，只是说“一饷贪欢”，可见，他做了一个欢乐的梦。可惜啊，很短暂，只有“一饷”，况且“梦里不知身是客”。词人似乎在自嘲，面对眼前如此残酷的现实，他也只能到梦里去一时“贪欢”了！此句悲凉至极，令人不忍卒读。

下阕跳开春夜梦醒的黯然神伤，抒写白天的寂寞心境。“独自莫凭阑，无限江山，别时容易见时难。”这三句是全词的中心。为何“独自莫凭阑”？李煜的囚徒生活十分孤苦，往日的大臣、嫔妃都见不到，可以说是与世隔绝。一“凭阑”，就会看见“无限江山”，当年是“四十年来家国，三千里地江山”，现在呢？一个牢笼似的小院，就是他的全部空间。

所以，词人才会发出这样的感叹：故国的江山，“别时容易见时难！”“流水”句又照应本词开头的“春意阑珊”，“流水”“落花”“春去也”，这些都一去不复返了，这不正和词人的故国一样吗？词人眼前的残酷现实和过去对比，皇帝变成了囚徒，这不正是天上和人间的区别吗！

伤春伤别，具有其普遍性。词中以“流水落花”比喻往日欢情，有一定的感染力，而“别时容易见时难”一句，以凝炼的语言概括了生活中通常会经历到的一种人生体验，能够引起离别中的人产生共鸣，这种共鸣作用引起的心灵震荡，往往还是相当强烈的。

【词评】

◆梁简文帝为侯景幽于永福省，将崩，诗云：“宝剑藏龙匣，神龙逐陆居；有意聊思句，无情堪著书。”湘东王被害时诗：“南风且绝唱，西陵最可悲；今日还蒿里，终非封禅时。”北齐高欢后主为周灭时，为诗曰：“龙楼绝行迹，凤阕求无因；独知明月夜，遥想邺城人。”李后主归宋后，念嫔妃散落，作长短句云：“帘外雨潺潺（略）。”数日后下世。杨溥为徐知诰逼迁于江南时，诗云：“烟凝楚岫愁千点，雨洒吴江泪万行。兄弟四人三百口，不堪独坐细思量。”宋徽宗在北时诗：“国破山河在，人非殿宇空；中原何日事，搔首赋《车攻》。”“投老汗城北，西江又是秋。中原心耿耿，南北泪悠悠。尝胆思贤佐，颐情忆旧游。故宫禾黍遍，行役闵宗周。”又：“杳杳神京

路八千，宗祧隔越已经年。衰残病渴那能久，辛苦穷荒敢怨天。”右六主所咏，虽有高下，皆非闻蟆声而问公私，黜大臣而不知者，甘于困辱而不能死社稷，此帝王所以贵德而不贵才云。（郎瑛《七修类稿》）

◆“梦觉”语妙，哪知半生富贵，醒亦是梦耶？末句，可言不可言，伤哉。（沈际飞《草堂诗余正集》）

◆绵邈飘忽之音，最为感人深至。李后主之“梦里不知身是客，一饷贪欢”，所以独绝也。（郭麐《灵芬馆词话》）

◆言梦中之欢，益见醒后之悲。昔日歌舞《霓裳》，不堪回首。结句“天上人间”，三句怆然欲绝。此归朝后所作。尚有《破阵子》词，则白马迎降时作。其词末句云：“最是仓皇辞庙日……挥泪对宫娥。”人讥其临别之泪，不挥宗社而对于宫娥。讥之诚当，但词则纪当时实事，想见其去国惨状。《浪淘沙令》尤极凄黯之音，如峡猿之三声肠断也。（俞陛云《唐五代两宋词选释》）

渔　　父[1]

阆苑有情千重雪[2]，桃李无言[3]一队春。一壶酒，一竿身[4]，快活[5]如侬有几人。

【注释】

①**渔父**：词牌名。《花草粹编》“题供奉卫贤《春江钓叟图》”。

②**阆苑**：阆风之苑，传说中仙人的住处。另本作“浪花”。**情**：另本作“意”。**重**：另本作“里”。

③**桃李无言**：《史记·李将军列传》：“谚曰‘桃李不言，下自成蹊’。”意为桃李不需要人夸或自赞，以其花美艳，其实甘美，人争赴之，树下自然走出一条路来。李，另本作“花”。

④**一竿身**：一根钓竿。竿，另本作“鳞”。

⑤**快活**：另本作“世上”。

【赏析】

此词是李煜为画家卫贤的《春江钓叟图》所题的词，表达了他追求闲适、隐逸的情趣。本词与后一首《渔父》被认为是历史上最早出现的题画词。虽然王国维认为“笔意凡迈，疑非李后主作”，但因诸多旧籍中都言之凿凿，故仍旧将它们辑录在后主集内。

开篇“阆苑有情千里雪，桃李无言一队春”，选取了两个场景表现渔父的逍遥生活。一是江上，浪花翻滚如雪，一望无际；另一个是岸上，桃李正竞相怒放。这画中的主人公渔父，驾着一叶小舟，随水顺风而下。轻舟分浪飞驶，浪花迎面。两岸一排排桃花、李花正竞相怒放，将春天装点得非常灿烂美丽。其中浪花翻滚，本是“无意”，而词人却说“浪花有意”，好像层层叠叠的浪花有意卷起雪浪来使渔父身心愉悦，衬托出渔父快乐的心情。词人寥寥数字便将画中意境描绘得淋漓尽致。

描写完美景后，接着写渔父的装束。“一壶酒，一竿身”，渔父身上挂着一壶酒，手里撑着一根钓竿，怡然自得。此句是点睛之笔，描绘出了渔父淡泊潇洒的精神状态。有酒、有竿、悠然独钓，多自由，多快活！因此词人借渔父之口发出了这样的人生感叹，“快活如侬有几人”，意思是说世界上像我这样快活的人能有几个！后主李煜天性仁厚真挚，可是却出身皇室，处处受牵制禁锢，所以他非常羡慕画中渔父的生活，因此发出了此种感叹。全词语淡情疏，诗情与画境浑然一体，趣致盎然。

【词评】

◆杜诗"丹霞一缕轻"，李后主《渔父》词"茧缕一钩轻"，胡少汲诗"隋堤烟雨一帆轻"；至若骚人于渔父则曰"一蓑烟雨"，于农夫则曰"一犁春雨"，于舟子则曰"一篙春水"，皆曲尽形容之妙也。(俞成《萤雪丛说》)

渔　　父①

一棹②春风一叶舟，一纶茧缕一轻钩③。花满渚④，酒盈瓯⑤，万顷⑥波中得自由。

【注释】

①此词调名亦作《渔父词》，《历代诗余》中作《渔歌子》。据宋阮阅《诗话总龟》载："予尝于富商高氏家，观贤画《盘车水磨图》，及故大丞相文懿张公弟，有《春江钓叟图》，上有南唐李煜金索书《渔父词》二首。其一曰：'浪花有意千里雪……'其二曰：'一棹春风一叶舟……'。"另《古今诗话》中亦云："张文懿家有《春江钓叟图》，上有李煜《渔父词》二首。"又，《花草粹编》中此词有题作"题供奉卫贤《春

江钓叟图》，并注云：“金索书，不知书名抑书法也。”据夏承焘《唐宋词人年谱·南唐二主年谱》引陶谷《清异录》云：“后主善书，作颤笔樛曲之状，遒劲如寒松霜竹，谓之‘金错刀’。”依王仲闻解，“金索书”即“金错刀书”，也就是李煜的书法。

②**棹：**摇船的工具。短的叫楫，长的叫棹。

③**纶：**《五代名画补遗》中作“轮”。纶，钓鱼用的粗丝线。**茧缕：**丝线，这里指渔线。茧，茧丝。**钩：**渔钩。

④**渚：**水中间的小块陆地。

⑤**瓯：**装酒的器具，即盅，一种平底深碗。

⑥**顷：**土地面积单位。一百亩为一顷。

【赏析】

这首词题画抒怀，借景寓意，虽然情趣不高，但悠然散淡之意境却清丽不俗，也可视为题画诗词中的精品。

首二句不再是联对，而是排句，仍以白描手法写春江行船，渔父垂钓。作者用了四个重叠的数词“一”，和三个形象的量词，写来十分自然隽秀。接下来两个三字句，承前首直接抒情。前一首说“桃李”“隧春”，此首“花满渚”，洲渚开满春天的花朵。前一首说“一壶酒”，此首“酒盈瓯”则见出兴致之高。结句“万顷波中得自由”，进一步强化了第一首结句中的“快活”二字，道出了钓叟所以“快活”的理由。

此外，以上两首词都反复用了“一”字，不仅在语调上形成一种回旋起伏的轻快韵律，又与“千重雪”“万顷波”有一种语意上的对比。凡是人之所用，都往少里说；凡是自然之所有，都往多里讲。“弱水三千取一瓢

饮”，作者着意表现这种多与少的关系，包含着对自然哲理的感悟。

【词评】

◆卫贤，京兆人，仕南唐为内供奉。初师尹继昭，后刻苦不倦，卒学吴生。长于楼观殿宇、盘车水磨，于时见称。予尝于富商高氏家观贤画《盘车水磨图》，及故大丞相文懿张公第有《春江钓叟图》，上有南唐李后主金索书《渔父》词二首(略)。(刘道醇《五代名画补遗》)

乌　夜　啼[1]

无言独上西楼，月如钩。寂寞梧桐深院锁清秋[2]。

剪不断，理还乱，是离愁，别是[3]一般滋味在心头。

【注释】

①**乌夜啼**：词牌名。《词的》《词林纪事》调作“相见欢”。也有题

作“离怀”“秋闺”。

②**梧桐：**落叶乔木，柄长叶阔，材可用于制乐器。入秋梧桐落叶最早，所以“梧桐叶落”即表示秋天已来临，后常用以比喻事物衰败的征兆。《广群芳谱·木谱六·桐》：“立秋之日，如某时立秋，至期一叶先坠，故云：‘梧桐一叶落，天下尽知秋。’”**锁清秋：**深深被秋色所笼罩。

③**别是：**另有。

【赏析】

这首词是李煜后期作品，写于降宋之后，抒发了其亡国之痛、故国之思。

开篇“无言独上西楼”，道出了词人的孤苦无依，心中的愁和苦无人能懂。他无法向他人倾诉，只能默默无言，孤孤单单，独自一人登上凄冷的西楼。“月如钩。寂寞梧桐深院锁清秋”，是词人登上西楼所见的景物。仰望天空，只有一弯如钩的寒月相伴；低头望去，梧桐叶已被无情的秋风吹落，幽深的

庭院被清冷的秋色所笼罩着。词人不禁“寂寞”情生，然而，“寂寞”的不仅是梧桐，即使是凄惨秋色，也要被“锁”在这高墙深院这中，这也象征着无情的囚笼“锁”住了多情的皇帝。“锁”字用得妙，将词人抑郁满怀、失去自由、生不如死的心情表现得淋漓尽致。上阕表面写景，暗里写人，借凄凉的秋景喻愁苦心情，情随景生，情景交融得天衣无缝。

下阕词人用“离愁”指代其亡国之痛和故国之思，如何诉说这难以名状的凄苦心情呢？词人用“丝”来比喻“离愁”，新颖而别致。然而丝长了可以剪断，乱了可以整理，可是那让人心乱如麻的“离愁”却是“剪不断，理还乱”，表明词人的愁绪难以排解。此句比喻精妙，堪称绝笔。“别是一番滋味在心头”是结语，用笔绝妙。既然离愁无法剪断，无法理顺，就不再去“剪”，也不再去“理”了，那悠悠愁思缠绕在心头，却又是一种无法名状的滋味。

全词以凄婉的笔调抒写了作者无以复加的愁苦之情，语言极明白易晓，无一丝雕饰，无半点虚情，直露心意，感人至深，堪称千古绝唱。

【词评】

◆此词最凄惋，所谓亡国之音哀以思也。（黄异《唐宋诸贤绝妙词选》）

◆七情所至，浅尝者说破，深尝者说不破。破之浅，不破之深。“别是”句妙。（沈际飞《草堂诗余续集》）

◆绝无皇帝气。可人，可人。（茅唤《词的》）

◆凄凉况味，欲言难言，滴滴是泪。（陈廷焯《云韶集》）

◆后阕仅十八字，而肠回心倒，一片凄异之音，伤心人固别有怀抱。《花庵词选》云：“所谓亡国之音哀以思。”（俞陛云《唐五代两宋词选释》）

◆此亦李煜降宋后作。前首上半阕表面似惜花，实乃自悲如林花已谢，且谢得“太匆匆”，而朝雨、晚风尚摧残之不已，故曰“无奈”。下半阕因念，今日虽欲求如临别之时泪眼留醉亦不可得矣，何况重返故国，故曰“人生长恨”如“水长东”。后首上半阕言所处之寂寞。下半阕满腹离怨，无语可以形容，故朴直说出。“别是”句，尤为沉痛。盖亡国君之滋味，实尽人世悲苦之滋味无可与比者，故曰“别是一般”。此二首表面似春、秋闺怨之词，因不敢明抒己情，而托之闺人离思也。（刘永济《唐五代两宋词简析》）